AREIA MOVEDIÇA

Areia movediça

NELLA LARSEN

MEIA AZUL

Bas-bleu ("meias azuis", em tradução livre): antiga expressão pejorativa para desdenhar de mulheres escritoras, que ousassem expressar suas ideias e contar suas histórias em um ambiente dominado pelos homens. Com a *Coleção Meia-azul*, voltada para narrativas de mulheres, a Ímã Editorial quer reconhecer e ampliar a voz dessas desbravadoras.

nota dos editores

Decidimo-nos por não traduzir, parafrasear ou buscar eufemismos para os termos empregados na obra original para referir às pessoas negras, para assim manter as nuances mais próximas da intenção da autora, bem como para preservar e registrar as diferentes conotações no contexto histórico retratado.

Meu velho morreu em uma bela casa grande.
Minha mãe em um barraco.
Eu me pergunto onde vou morrer,
Não sendo eu nem branco nem preto?

Langston Hughes

Um

Helga Crane sentou-se sozinha na sua sala que, àquela hora, oito da noite, encontrava-se em uma suave escuridão. Uma única luminária de leitura, esmaecida por uma cúpula preta e vermelha, fazia uma poça de luz no carpete chinês azul, nas capas brilhantes dos livros que ela havia retirado das suas compridas prateleiras, nas páginas brancas daquele que estava aberto, nas tigelas de latão brilhantes cheias de capuchinhas multicoloridas na mesinha ao lado dela, na seda oriental que cobria a banqueta próxima aos seus pés esguios. Era um cômodo confortável, mobiliado com um gosto raro e intensamente pessoal, banhado pelo sol do sul durante o dia, mas sombreado, agora, pelas cortinas fechadas e por uma única réstia de luz. Grande, também. Tão grande que o lugar onde Helga sentava era um pequeno oásis no deserto da escuridão. E inquietantemente calmo. Mas isso era do que ela gostava depois de um dia exaustivo de trabalho, depois das aulas árduas, nas quais ela se entregava com disposição incansável sem nenhum retorno aparente. Ela amava essa tranquilidade, essa quietude, que se seguia ao desgaste e tensão das longas horas passadas entre colegas desatentos, desagradáveis e fofoqueiros, seguindo-se a rigidez extenuante da conduta exigida na grande comunidade educacional na qual ela era uma parte insignificante. Esse era seu descanso, esse isolamento intencional por um breve período na noite, esse pequeno tempo na sua sala atraente e com seus livros. Para o tagarelar dos outros professores, trazendo novos escândalos, ou buscando informação, ou favores, ou apenas conversa, àquela hora, Helga Crane nunca abria sua porta.

Um observador poderia pensar que ela combinava com aquela moldura de luz e sombra. Uma garota franzina de vinte e dois anos, com ombros estreitos, inclinados e com braços e pernas delicados mas bem torneados, ela tinha, não obstante, um ar de saúde radiante e despreocupada. Em uma *negligée* verde e dourada e pantufas de brocado brilhante, profundamente mergulhada na cadeira de encosto alto, de cuja tapeçaria escura seu rosto bem recortado, com uma pele que parecia cetim amarelo, era distintamente delineada, ela era — para usar uma palavra banal— atraente. Sobrancelhas negras, muito grossas sobre olhos escuros e suaves, mas penetrantes, e uma linda boca, cujos lábios sensíveis e sensuais tinham uma ligeira petulância questionadora e uma leve queda de insatisfação, eram as feições que prenderiam rapidamente a atenção do observador; embora seu nariz fosse razoável, nem grande e nem pequeno, suas orelhas eram delicadamente esculpidas, e seu cabelo encaracolado negro azulado, cheio e sempre desfiando de um jeito um pouco rebelde e encantador, escorrendo desenfreado sobre o rosto e os ombros.

Helga Crane tentava não pensar no trabalho e na escola enquanto permanecia ali sentada. Desde sua chegada em Naxos tinha se esforçado por manter esses finais do dia longe da intromissão de pensamentos irritantes e aborrecidos. Geralmente ela era bem sucedida. Mas não essa tarde. Entre os livros que retirou das prateleiras, decidiu-se por *Disse o pescador*, de Marmaduke Pickthall. Ela queria abstrair-se, relaxamento mental completo, descansar de qualquer tipo de pensamento. Porque o dia havia sido, mais do que o habitual, atribulado com encontros desagradáveis e perversidades estúpidas. O calor abafado da primavera sulista a tinha deixado estranhamente cansada, e um pouco irritada. E o maior aborrecimento, entre todos os acontecimentos, foi aquele caso do período do meio-dia, agora novamente se impondo em sua mente já irritada.

Ela tinha contado com alguns minutos livres para se entregar ao doce prazer de um banho e colocar uma roupa leve. Em vez disso, sua hora de almoço foi abreviada, assim como a de todos os demais e, imediatamente depois de engolir às pressas uma refeição quente, as centenas de estudantes e professores foram pastoreados para uma capela torrada pelo calor do sol para ouvir as observações banais, paternalistas e até insultuosas de um dos renomados pregadores brancos do estado.

Helga estremeceu um pouco ao recordar algumas das afirmações feitas por aquele santo homem branco de Deus às pessoas negras sentadas tão respeitosamente diante dele.

Aquela era, disse ao público com óbvio orgulho sectário, a melhor escola para negros de todo o país, norte ou sul; na verdade, era até melhor do que muitas escolas para crianças brancas. E ele desafiava qualquer nortista a vir ao sul para ver essa grande instituição e depois dizer se os sulistas maltratavam o negro. E disse ainda que se cada negro lesse ao menos uma página do livro de Naxos e que se portassem como produtos de Naxos, não haveria problema de raça, porque os negros de Naxos sabiam o que se esperava deles. Eles tinham bom senso e eles tinham bom gosto. Eles sabiam ficar no lugar deles, e isso, disse o pregador, mostrava bom gosto. Ele falava de sua grande admiração pela raça negra: nenhuma outra raça em tão pouco tempo tinha feito tanto progresso, mas ele implorou para que eles soubessem quando e onde deveriam parar. Ele esperava, sinceramente, que eles não se tornassem avaros e gananciosos, pensando apenas em acumular bens terrenos, pois isso seria um pecado aos olhos do Deus Todo-poderoso. E então ele falou de felicidade, embelezando suas palavras com citações das escrituras e apontando que era dever deles ficarem satisfeitos para a posição para a qual foram designados, rachadores de lenha e carregadores de água.[1] E em seguida fez uma oração.

---

1 *Josué 9:21, uma das passagens bíblicas que tratam da servidão e da qual os escravocratas aludem para justificar a escravidão. "'Então Josué convocou os gibeonitas e disse: 'Por que vocês nos enganaram dizendo que viviam muito longe de nós, quando na verdade vivem perto? Agora vocês estão debaixo de maldição: nunca deixarão de*

Sentada lá em sua sala, longas horas depois, Helga novamente sentiu uma onda de raiva quente e ressentimento fervilhante. E novamente isso diminuiu ao rememorar, com espanto, os aplausos consideráveis que saudaram o orador pouco antes de ele ter pedido a bênção de Deus sobre eles. O sul. Naxos. Educação de negros. De repente, ela odiava todos eles. Estranho, também, pois isso era a coisa da qual ela tinha desejado ardentemente fazer parte, daquele monumento ao gênio e visão de um homem. Ela fixou um pedaço de papel em volta da lâmpada sob a sombra da luminária, pois, tendo descartado seu livro com a certeza de que naquele estado de espírito nada poderia encantá-la, desejava uma escuridão ainda mais tranquilizante. Ela desejou férias, para poder ficar longe por um tempo.

"Não. Para sempre!" Disse em voz alta.

Os minutos tornaram-se horas, mas ela se manteve imóvel, um sorriso desdenhoso ou uma expressão raivosa passando de vez em quando em seu rosto. Em algum lugar da sala um pequeno relógio marcava o tempo. Em algum lugar do lado de fora um bacurau cantava. A noite morria. Um cheiro doce das primeiras flores do sul invadiu com uma brisa que repenti-

---

ser escravos, rachando lenha e carregando água para a casa do meu Deus'. Eles responderam a Josué: [...] 'Estamos agora nas suas mãos. Faça conosco o que parecer bom e justo'. Josué então os protegeu e não permitiu que os matassem. Mas naquele dia fez dos gibeonitas lenhadores e carregadores de água para a comunidade e para o altar do Senhor, no local que o Senhor escolhesse. É o que eles são até hoje."

namente separou as cortinas finas de seda nas janelas abertas. Um vaso de vidro fino e frágil caiu do peitoril com um estrondo, mas Helga Crane não mudou de posição. E a noite ficou mais fria e mais velha.

Por fim ela se mexeu, incerta, mas com um desejo avassalador por alguma forma de ação. Por um segundo ela hesitou, então levantou-se abruptamente e apertou o interruptor elétrico com determinação, inundando de repente a sala escura com um clarão de luz branca. Logo, dirigiu-se, inquieta, até a extremidade da extensa sala, parando um momento diante da velha escrivaninha de pernas arqueadas que segurava, com um protesto quase articulado, sua parafernália de professora escolar, livros e papéis gastos. Freneticamente, Helga Crane agarrou tudo e atirou violentamente, desdenhosamente, em direção à cesta de lixo, que recebeu uma parte, deixando o resto vazar desorganizadamente sobre o chão. A garota sorriu ironicamente, vendo na bagunça uma semelhança de seus esforços sérios para inculcar conhecimento nas suas turmas indiferentes.

Sim, era bem daquele jeito; um pouco das ideias que ela tentava colocar nas mentes por trás daqueles rostos desconcertados de ébano, bronze e ouro alcançavam seu destino. As outras acabavam dispersas. E, assim como o cesto de lixo alegre e indiferente, não era culpa deles. Não, não era culpa daquelas mentes atrás dos diversos rostos coloridos. Era, em vez disso, culpa do método, da ideia geral por detrás do sistema. Assim como seu lançamento apressado na cesta, a pontaria era ruim, o material monótono e mal preparado para atingir o propósito.

Esta grande comunidade, ela pensou, não era mais uma escola. Havia se transformado em uma máquina. Era agora uma vitrine no Cinturão Negro,[2] um exemplo da magnanimidade do homem branco, refutação da ineficiência do homem negro. A vida tinha morrido fora dali. Era agora, Helga concluiu, apenas uma grande faca com pontas cruelmente afiadas cortando tudo impiedosamente em um formato padrão, o padrão do homem branco. Tanto professores quanto os estudantes eram submetidos ao processo de pareamento, que não tolerava inovações, nem individualismo. Ideias eram rejeitadas, e eram vistos com ampla hostilidade qualquer um que tivesse a temeridade de oferecer uma sugestão ou igualmente expressar recatadamente uma desaprovação. Entusiasmo, espontaneidade, se não eram frontalmente suprimidos, eram pelo menos abertamente lamentados como qualidades pouco femininas ou pouco cavalheirescas. O lugar era presunçoso e cheio de autocongratulação.

Um traço característico e peculiar, a fria irracionalidade lentamente acumulada, na qual todos os valores foram distorcidos ou então deixaram de existir, sacudira com surpreendente ferocidade os baluartes daquele autocontrole que também era, curiosamente, parte da natureza dela. E agora que isso havia desvanecido tão rapidamente quanto havia se erguido, ela sorria novamente, e nessa hora o sorriso continha um

---

2 *"The Black Belt" é um região dos Estados Unidos com a maior concentração de habitantes negros, no sul-sudeste do país.*

tênue contentamento, que limpou a rigidez que havia congelado sua adorável face. Mesmo assim, ela se reconfortou com a impetuosa descarga de violência, e exalou um suspiro de alívio.

Disse em voz alta, discretamente, desapaixonadamente: "Bem, estou farta disso", e desligando a luz forte e brilhante do teto, retornou à sua cadeira e permaneceu sentada com um estranho gesto de um leve colapso repentino, como uma pessoa que esteve por meses lutando contra o diabo e então inesperadamente se virou e concordou em fazer o que ele ordenou.

Helga Crane vinha ensinando em Naxos por quase dois anos, no início com o júbilo e o entusiasmo daquelas pessoas ingênuas que sonharam em fazer o bem aos seus companheiros. Mas, gradualmente, o entusiasmo tinha desinflado, dando lugar a uma profunda aversão pelas hipocrisias triviais e crueldades descuidadas que eram, talvez sem intenção, uma parte da política de Elevação em Naxos. No entanto, ela continuara a tentar não apenas a ensinar mas também a ser amiga daquelas crianças que cantavam felizes, cujo charme e individualidade a escola estava tão certamente pronta para destruir. Instintivamente Helga entendeu que aqueles sorrisos subservientes encobriam muitos corações lancinados e talvez muito desprezo secreto por seus instrutores. Mas ela era impotente. Em Naxos, entre o professor e o estudante, entre a autoridade condescendente e o ressentimento represado, o abismo era grande demais, e poucos tentaram atravessá-lo. Não poderia ser transposto pela compaixão de um único professor. Era inútil oferecer seus átomos de amizade, os quais, diante das condições existentes, não eram nem desejados nem compreendidos.

Tampouco era a atmosfera geral de Naxos — com seu ar de autossatisfação e intolerante aversão a diferenças —, o melhor dos ambientes para uma garota bonita e solitária, sem ligações familiares. A personalidade essencialmente agradável e charmosa de Helga fora borrada, apagada. Ela sentia isso há algum tempo. Agora, ela encarava com determinação aquela outra verdade a qual tinha refutado a formular em seus pensamentos: o fato de que ela era totalmente inadequada para ensinar, e até para meramente existir em Naxos. Ela era um fracasso aqui. Admitia agora que tinha sido tola, obstinada, por persistir tanto tempo. Um fracasso. Portanto, não precisava, de nada adiantava, permanecer por mais tempo. De repente, ela ansiava por partir imediatamente. Como seria bom, pensou, partir agora, esta noite! — e franziu a testa ao lembrar o quão impossível isso seria. "Os dignitários", disse, "não estão em seus escritórios, e haverá quilômetros de burocracia para preencher, resmas gigantescas e impressionantes."

E havia a questão de comunicar a James Vayle, e a do tão necessário dinheiro a se conseguir. James, ela decidiu, era melhor que fosse comunicado de uma vez. Ela olhou para o relógio que corria indiferente. Não, muito tarde. Teria que ser amanhã.

Ela odiava admitir que o dinheiro era a mais séria dificuldade. Sabendo muito bem que isso era importante, mesmo assim se rebelou contra a verdade inalterável de que isso poderia ditar suas ações, bloquear seus desejos. Uma necessidade sórdida a ser enfrentada. Com Helga, era quase sempre uma superstição que conceder importância ao dinheiro aumentava o poder que ele exercia. E, ainda, apesar de sua relutância e aversão, sua situação financeira teria que ser encarada, e planos teriam de ser feitos, se quisesse ir embora de Naxos com a pressa que ela agora tão ardentemente desejava.

A maior parte do que havia recebido tinha ido com roupas, livros, com a mobília da sala. Por toda a vida, Helga Crane tinha amado e ansiava por coisas boas. De fato, foi esse desejo, essa ânsia por beleza, que havia ajudado a que caísse em desgraça em Naxos — "orgulho" e "vaidade", era o que seus detratores diziam.

A quantia que a escola teria que lhe dar seria pouco mais que o suficiente para comprar uma passagem de volta a Chicago. Estava perto demais do final do semestre letivo para ter esperança de conseguir um trabalho como professora em outro lugar. Se não conseguisse outra coisa, teria que pedir ao tio Peter um empréstimo. Tio Peter era, ela sabia, o único parente que pensava nela com gentileza, ou até mesmo com tranquilidade. Nem remotamente poderia pensar em pedir a seu padrasto, a seus meios-irmãos e irmãs, e aos numerosos primos, tias, e outros tios. Ela ria um pouco, desdenhosamente, refletindo que o antagonismo era mútuo, ou, talvez, apenas um pouco mais intenso do lado dela do que do lado deles. Eles a temiam e a odiavam. Ela sentia pena e os desprezava. Tio Peter era diferente. Em seu jeito desdenhoso, ele gostava dela. Sua linda e infeliz mãe fora sua irmã favorita. Mesmo assim, Helga

Crane sabia que seria mais provável que ele a ajudasse porque sua carência reforçaria a convicção dele, tantas vezes repetida, de que, por causa de seu sangue negro, ela nunca conseguiria nada que não fosse por motivos de afeto ou lembranças carinhosas. Saber disso, e saber que isso, naquele momento, seria uma verdade, irritou-a de maneira assustadora. Ela encarava tio Peter com ares de vingança, embora ele sempre tivesse sido extraordinariamente generoso com ela e ela tivesse a firme intenção de pedir sua ajuda. "Quem pede", pensou ela com tristeza, "não pode escolher."

Retornando a James Vayle, seus pensamentos atingiram a frieza da completa determinação. Sua resolução de encerrar sua permanência em Naxos inevitavelmente encerraria seu noivado com James. Estava noiva dele desde seu primeiro semestre lá, quando ambos eram funcionários recém-chegados e ambos eram solitários. Juntos, eles discutiam sobre seus trabalhos e problemas de adaptação e haviam se tornado íntimos. Desapontada, ela refletiu que James havia se encaixado rapidamente e com toda a facilidade em seu nicho. Ele agora estava completamente "naturalizado", como costumavam chamar ironicamente. Helga, por outro lado, nunca havia conseguido encaixar-se no inconfundível molde de Naxos, apesar de muitas tentativas. Ela não podia nem se conformar nem ser feliz em sua inconformidade. Ela via isso claramente agora, e com irritação de todo o esforço inútil do passado. Que desperdício! Como ela havia lutado pateticamente naqueles primeiros meses e com que ínfimo sucesso. Alguma coisa faltava. Ela sempre havia considerado isso como uma falta de entendimento de parte da comunidade, mas em sua revolta atual, ela percebeu que a falta havia sido parcialmente dela. Uma falta de aquiescência. Ela realmente não queria ser modificada. Esse pensamento lhe trouxe um sentimento de vergonha, um sentimento de irônica desilusão. Evidentemente, havia partes dela das quais não poderia se orgulhar. A imagem reveladora do seu passado de lutas era humilhante demais. Era como se ela tivesse planejado deliberadamente roubar uma coisa feia, pela qual ela não tinha desejo e fora descoberta.

Ironicamente, ela visualizou o desconforto de James Vayle. Como o desajustamento dela o incomodou! Ela tinha uma vaga impressão de que era isso que estava por trás da pronta concordância dele quando ela sugeriu um noivado mais longo do que o planejado. Ele era querido e aprovado em Naxos e detestava a ideia de que a garota com quem ele iria se casar não conseguisse ganhar simpatia e aprovação também. Instintivamente, Helga sabia que ele colocara secretamente a culpa nela. Como ele estava certo! Certamente, a atitude dele mudou gradualmente, embora ele ainda lhe desse atenção. Naxos o agradou e ele ficou contente com a vida como ela era vivida ali. Já não era mais solitário, ele agora fazia parte da comunidade e estava longe da necessidade ou do desejo de discutir seus casos e fracassos com alguém de fora. Ela era, ela sabia, de um jeito estranho e indefinido, um fator de perturbação. Ela também sabia que algo o prendia, algo contra o qual ele era impotente. A ideia de que ela era, mas de uma maneira inominável, necessária para ele, a enchia de uma sensação que quase chegava à vergonha. E, no entanto, sua impotência muda contra aquela primitiva atração que ela exercia sobre ele, a agradava e alimentava sua vaidade — dava-lhe uma sensação de poder. Ao mesmo tempo, ela se esquivava disso, sutilmente ciente das possibilidades que ela mesma não poderia prever.

Os sentimentos de Helga eram imperscrutáveis, mas se fossem confrontados com franqueza, e se o fingimento fosse colocado de lado, o sentimento dominante, ela suspeitava, seria o de alívio. Pelo menos ela não sentia arrependimento algum sobre o dia seguinte marcar o fim de qualquer exigência que ela pudesse fazer dele. A certeza de que o encontro seria um choque a irritava, pois não tinha talento para brigar — quando possível, preferia fugir. Isso era tudo.

A família de James Vayle, na vizinha Atlanta, ficaria satisfeita. Eles nunca gostaram do noivado, nunca tinham gostado de Helga Crane. O fato dela não ter uma família os desconcertava. Sem família. Esse era o ponto crucial de toda a questão. Para Helga, esse fato era o culpado de tudo: de seu fracasso aqui em Naxos, da solidão que antes sentia em Nashville. Era até culpado por seu noivado com James. A sociedade negra, ela veio logo a saber, era tão complicada e rígida nas suas ramificações quanto os extratos mais altos da sociedade branca. Se você não pudesse provar sua ancestralidade e conexões, você seria tolerado, mas não "pertenceria". Você poderia ser esquisito, ou mesmo atraente, ou mau, ou brilhante, ou até mesmo amar a beleza e essas bobagens se fosse um Rankin, ou um Leslie, ou um Scoville; em outras palavras, se você tivesse uma família. Mas se você fosse apenas Helga Crane, de quem ninguém nunca tinha ouvido falar, seria presunção de sua parte ser tudo menos imperceptível e conformada.

Renunciar a James Vayle certamente seria suicídio social, pois os Vayle eram pessoas importantes. O fato de serem uma "primeira família" tinha sido uma das coisas que atraiu James para a obscura Helga. Ela desejava ter uma conexão social, mas... não imaginava o quanto seria sufocante.

Ela fez um movimento rápido de impaciência e se levantou. Assim que se levantou, a sala girou em torno dela de uma forma odiosa. Objetos familiares pareceram de súbito tristemente distantes. A fraqueza a apertou como um torno. Ela cambaleou, suas mãos pequenas e delgadas agarraram os braços da cadeira para se apoiar. Logo a fraqueza diminuiu, deixando em seu rastro um forte ressentimento pela peça que seus nervos tensos haviam pregado nela. E depois de um momento de descanso ela foi para a cama às pressas, deixando seu quarto desarrumado pela primeira vez.

Livros e papéis espalhados pelo chão, delicadas meias e roupas íntimas e a *negligée* verde e dourada esparramada por cadeiras e banquetas, deram de encontro aos olhos pasmos da garota que veio pela manhã despertar Helga Crane.

Dois

Ela acordou de manhã sentindo-se ainda cansada e com aquela sensação de apreensão e leve terror peculiar às manhãs de Natal e aniversário. Por um longo momento, permaneceu intrigada sob a luz do sol em um fluxo dourado que atravessava as cortinas amarelas. Então sua mente voltou à noite anterior, quando decidiu deixar Naxos. Foi isso.

Bruscamente, começou a examinar sua decisão. Revendo a situação com cuidado, ela francamente não sentia nenhum desejo em rever sua decisão. Exceto... que seria um estorvo. Por mais que ela quisesse nunca voltar a pôr os pés naquele lugar, ela se dava conta das dificuldades. Burocracia. James Vayle. Dinheiro. Outro trabalho. Com pesar ela foi forçada a reconhecer que seria muito melhor esperar até junho, o fim do ano letivo na escola. Não faltava muito tempo, na verdade. Metade de março, abril, maio, alguns dias de junho. Certamente ela poderia suportar por aquele período tudo aquilo que ela passou em quase dois anos. Por um esforço de vontade, a vontade dela, poderia ser assim.

Mas essa reflexão, por mais sensata e conveniente que fosse, não a tranquilizou. Permanecer lá parecia muito difícil. Conseguiria fazer isso? Seria possível no atual estado de rebelião de seus sentimentos? A sensação incômoda de estar comprometida com algum antagonista formidável, sem nome e incompreensível, a assustava. Não era, como subitamente deu-se conta, apenas a escola e seus costumes e suas pessoas bem-comportadas e estúpidas que a oprimiam. Havia algo mais, alguma outra força mais implacável, uma qualidade dentro de si mesma, que a estava frustrando, sempre a frustrou, impedindo-a de obter as coisas que desejara. Que ainda desejava.

Mas o que exatamente ela queria? Exceto o desejo de segurança material, modos de vida elegantes, uma profusão de roupas lindas e uma boa parte de admiração invejosa, Helga Crane não sabia, não saberia dizer. Mas havia, ela sabia, algo mais. Felicidade, supôs. Seja o que for isso. O que, exatamente, ela se perguntou, era a felicidade? Com certeza ela a desejava. No entanto, sua concepção do que seria tal coisa não tinha tangibilidade. Ela não conseguia definir, isolar e contemplar como fazia com outras coisas abstratas. O ódio, por exemplo. Ou a bondade.

O toque estridente de um sino em algum lugar do prédio trouxe de volta o feroz ressentimento da noite. Isso cristalizou sua determinação oscilante.

Como de costume, seus pés de cor bege deslizaram mecanicamente para fora das cobertas ao primeiro toque desagradável do sino. Sem pressa ela os recolheu de volta e sua raiva impassível desapareceu quando ela decidiu que, agora, não importava se ela deixasse de aparecer no monótono e desagradável café da manhã que era fornecido pela escola como parte de seu salário.

No corredor, para além de sua porta, havia uma mistura de ruídos incidentes das colegiais que levantavam e se preparavam para começar mais um dia — risadinhas tolas, fragmentos indistinguíveis de conversas alegres, gorgolejar distante de água corrente, tamborilar de pés se arrastando, cantoria em tons graves, admoestações amigáveis para se apressarem, portas batendo, outros barulhos indistintos e — súbito — silêncio calamitoso.

Helga enfiou a cabeça sob as cobertas na tentativa vã de calar o que ela sabia que preencheria o silêncio pleno — a voz aguda e sarcástica da matrona do dormitório. E ela veio.

"Ora, ora! Eu sei que nenhuma de vocês veio de um lar onde se ensinavam as boas maneiras, mas podem ao menos tentar fingir que são capazes e aprender algumas aqui, agora que têm a oportunidade? Quem foi que bateu a porta do vestiário?"

Silêncio.

"Bem, vocês não precisam se preocupar em responder. É rude, como todas sabem. Mas não faz mal, porque nenhuma de vocês é capaz de dizer a verdade. Agora, se apressem. Não quero saber de uma única de vocês se atrasando para o café da manhã. Se eu souber, haverá trabalho extra para todas no sábado. E, por favor, pelo menos tentem agir como damas e não como selvagens do meio do mato."

Do seu lado da porta, Helga se perguntava se já havia ocorrido à delgada e ressequida Srta. MacGooden que a maioria de suas pupilas tinha vindo, de fato, do meio do mato. E que tinham mesmo recém-chegado. A senhorita MacGooden, sem um pingo de humor, pedante, feia, com uma cara de couro seco, orgulhava-se de ser uma "dama" de uma das melhores famílias — um tio seu fora deputado no período da Reconstrução. Ela era, portanto, refletiu Helga Crane, talvez incapaz de perceber que o incentivo para agir como uma dama — isso é, como ela — era pouco, se não totalmente nulo. E pensando nos "modos de dama" da senhorita Mac-Gooden, Helga sorriu um pouco ao lembrar que aquele era um dos motivos para nunca ter se casado, ou ter intenção de casar. Havia, assim ela fora dada a entender, coisas no estado matrimonial que eram necessariamente repulsivas demais para uma dama de natureza delicada e sensível se submeter.

Logo os ruídos que foram forçados a cessar começaram a ser ouvidos novamente, à medida que a imagem da srta. MacGooden foi desaparecendo e evaporando-se das memórias das damas-em-progresso. Os preparativos para a ingestão da cota diária de aprendizado do dia foram retomados. Quase naturalmente.

"Tanto faz!" disse Helga, levantando-se da cama.

Ela caminhou até a janela e ficou olhando para o grande quadrilátero abaixo, para a multidão de alunas escoando dos seis grandes dormitórios que, de dois em dois, flanqueavam três de seus lados, reunindo-se em falanges organizadas para marchar em ordem militar até o lamentável café da manhã no Jones Hall, no quarto lado. Aqui e ali, um membro masculino do corpo docente, importante e resplandecente na indumentária de um oficial do exército, parava em sua prática ou exibição, para pôr uma aluna negligente ou ofensora na atitude ou lugar apropriados. As falanges aglomeradas aumentaram em tamanho e número, entupindo as calçadas, a terra nua e o gramado. E sobre tudo isso restava um silêncio deprimente, quase aborrecido, até que com uma brusquidão horrível a banda atacou o Hino Nacional. A parada começou. Esquerda, direita. Esquerda, direita. Em frente! Marche! Os autômatos se moveram. Os quadrados se desintegraram em quatro. Em dois. Desapareceram pelas portas escancaradas do Jones Hall. Depois que o último par de marchadoras entrou, as portas enormes foram fechadas. Algumas retardatárias infelizes, aparentemente já desanimadas, puxaram as maçanetas sem muito entusiasmo e, descobrindo, como evidentemente esperavam, que estavam realmente barradas, voltaram resignadas.

Helga Crane se afastou da janela, uma sombra escurecendo a beleza âmbar pálida de seu rosto amável. Eram sete horas. Às doze, aquelas crianças que por algum acidente se atrasaram um ou dois minutos teriam a primeira refeição depois de cinco horas de trabalho e da chamada "educação". "Disciplina", era o que diziam.

Ouviu uma batida leve em sua porta.

"Entre", convidou Helga sem entusiasmo. A porta se abriu para a entrada de Margaret Creighton, outra professora do departamento de inglês e, para Helga, a integrante mais simpática de todo o corpo docente da Naxos. Margaret, ela sentia, gostava dela.

Vendo Helga ainda de robe sentada na cama em uma massa de almofadas, balançando preguiçosamente uma pantufa sobre os pés descalços como alguém com todo o tempo do mundo, ela exclamou consternada: "Helga Crane, você sabe que horas são? Ora, é muito depois das sete e meia. As alunas ..."

"Sim, eu sei", disse Helga desafiadora, "as alunas estão saindo do café da manhã. Bem, deixe-as. Eu, por exemplo, gostaria que houvesse alguma maneira delas poderem ficar para sempre longe do veneno que é jogado sobre elas, literalmente atirado nelas, Margaret Creighton, e que querem que seja considerado comida. Coitadinhas."

Margaret riu. "Isso é apenas um sentimento ridículo, Helga, e você sabe disso. Mas você mesma não tomou café da manhã. Jim Vayle perguntou se você estava doente. Claro que ninguém sabia. Você nunca conta nada a ninguém sobre você. Eu disse que iria dar uma olhada."

"Muito obrigada", Helga respondeu com indiferença. Ela estava observando a luz do sol se dissolver do laranja espesso para o amarelo pálido. Lentamente, a luz arrastou-se pela sala, varrendo em seu caminho as sombras matutinas. Ela não estava interessada no que a outra estava dizendo.

"Se não se apressar, vai se atrasar para a primeira aula. Posso te ajudar?", Margaret ofereceu hesitante. Ela tinha um pouco de medo de Helga. Quase todo mundo tinha.

"Não. Obrigada mesmo assim." Em seguida, rapidamente em outro tom mais caloroso: "De verdade. Obrigada, mil vezes, Margaret. Estou muito grata, mas... veja, é assim, não vou me atrasar para a minha classe. Eu não estarei lá de jeito nenhum."

A garota visitante, de pé, encostada contra a parede de cor creme, como uma nogueira velha, lançou um rápido olhar para Helga. Ela estava obviamente curiosa. Mas ela apenas disse formalmente: "Oh, então você está doente." Pois havia algo em Helga que desencorajava questionamentos.

Não, Helga não estava doente. Não fisicamente. Ela estava apenas enojada. Farta de Naxos. Se isso pudesse ser chamado de doença. A verdade é que ela havia decidido partir. Naquele mesmo dia. Ela não podia mais suportar ser conectada a um lugar de vergonha, mentiras, hipocrisia, crueldade, servilidade e esnobismo. "Deveria", concluiu ela, "ser fechado por lei."

"Mas, Helga, você não pode ir embora agora. Não no meio do semestre." A gentil Margaret estava angustiada.

"Mas eu posso. E vou. Hoje."

"Eles nunca vão te deixar", profetizou Margaret.

"Eles não podem me impedir. Trens partem daqui para a civilização todos os dias. Só é preciso ter dinheiro", retrucou Helga.

"Sim, claro. Todo mundo sabe disso. O que eu quero dizer é que você só vai se prejudicar na profissão. Não vão te dar uma referência se você saltar fora e sair assim agora. Nessa época do ano. Você será colocada na lista negra. E terá dificuldade em conseguir outro emprego de professora. Naxos tem enorme influência no Sul. Melhor esperar até o encerramento do ano."

"Deus me livre", respondeu Helga com fervor, "de trabalhar novamente em qualquer lugar do Sul! Eu odeio!" E ficou em silêncio, perguntando-se pela centésima vez que tipo de vaidade havia induzido uma garota inteligente como Margaret Creighton a transformar o que provavelmente era um belo cabelo vivo e crespo, perfeitamente adequado para sua pele escura e lisa e de agradáveis feições arredondadas, em uma massa lisa morta, gordurosa e feia.

Levantando os olhos do relógio, Margaret disse: "Bem, eu realmente tenho que correr, ou vou me atrasar. E já que vou ficar... Melhor pensar bem, Helga. Não há lugar como Naxos, você sabe. Salários muito bons, quartos decentes, muitos homens e tudo mais. Tchau." A porta se fechou por trás dela.

Mas logo se abriu. Ela estava de volta. "Eu queria que você ficasse. É bom ter você aqui, Helga. Todos nós pensamos assim. Até os mortos-vivos. Precisamos de alguma beleza para iluminar nossas vidas tristes." E foi-se de novo.

Helga ficou impassível. Não estava mais preocupada com o que qualquer pessoa em Naxos poderia pensar dela, pois agora estava apaixonada pelo risco de partir. Automaticamente, seus dedos ajustaram as almofadas de aparência chinesa no sofá baixo que servia de cama. Sua mente estava ocupada com planos de partida. Fazendo malas, dinheiro, trens e... será que conseguiria um vagão-leito?

Três

De um lado da comprida estrada de areia branca e quente que dividia a planície verde, havia uma pequena sombra, uma vez que era bordejada com árvores. Helga Crane caminhou por lá para que o sol não lhe pudesse atingir tão facilmente. Ao atravessar lentamente o campus vazio, percebeu uma vaga ternura pela cena que se espalhava à sua frente. Era tão incrivelmente adorável, tão atraente e tão singelo. As árvores em sua beleza primaveril enviaram a sua mente inquieta um forte arrepio de prazer. Por mais sedutoras, charmosas e atraentes que fossem as cidades, elas não possuíam essa beleza fácil e inumana. As árvores, ela pensou, nas avenidas e bulevares, nos parques e jardins da cidade, eram domesticadas, mantidas prisioneiras, rodeadas pelo labirinto de seres humanos. Aqui elas estavam livres. Eram os seres humanos os prisioneiros. Que pena. No meio de toda essa vida radiante. Eles não tinham, sabia, sequer consciência da sua presença. Talvez houvesse em demasiado e, portanto, era menos do que nada.

Em resposta à sua exigência insistente, ela fora informada de que o Dr. Anderson poderia conceder-lhe vinte minutos às onze horas. Bem, ela supunha que poderia dizer tudo o que tinha a dizer em vinte minutos, embora a limitação lhe contrariasse. Vinte minutos. Em Naxos, essa era a medida de sua desimportância.

Era um homem novo, aquele diretor, por quem Helga se lembrava de sentir uma pena inexplicável, quando em setembro passado foi nomeado chefe de Naxos. Por alguma razão, ela gostava dele, embora o tivesse visto pouco; ele estava frequentemente ausente em viagens de promoção e arrecadação de fundos. E até então ele havia feito apenas poucas e leves mudanças no funcionamento da escola. Agora, estava um pouco irritada por se descobrir sem saber como iria contar a ele sobre sua decisão. Que importância teria isso para ele? Por que ela se importaria com isso? Mas já lhe voltava aquele sentimento indistinto de compaixão pelo homem distante e silencioso com os olhos cinzentos cansados, e ela se perguntou novamente por qual sorte do destino tal homem, aparentemente uma pessoa humana e compreensiva, havia se arriscado no comando desta cruel máquina educacional. De repente, sua resolução apareceu como uma grosseria direta. Isso aumentou seu aborrecimento e desconforto. Uma sensação de derrota, de ser trapaceada na justificativa, se abateu sobre ela. Absurdo!

Ela chegou ao prédio da administração com uma raiva moderada, tão irracional quanto fútil, porém, uma vez lá dentro, teve um súbito ataque de nervos com a perspectiva de atravessar aquele saguão que era o local de trabalho de umas vinte e poucas pessoas estranhas. Era uma doença da qual Helga sofrera em intervalos durante toda a vida, e era uma questão de honra, quase, ela nunca entregar-se a ela. Então, em vez de dar a volta, como se sentia inclinada a fazer, ela continuou andando, com aparente indiferença. No meio do longo corredor que dividia o saguão, o secretário do diretor, um negro enorme, avançou em sua direção.

"Bom dia, srta. Crane, o Dr. Anderson irá vê-la daqui a pouco. Sente-se bem aqui."

Ela sentiu a indagação nos olhos semicerrados. Por alguma razão, isso dissipou sua ansiedade e restaurou sua postura. Agradecendo, ela se sentou, agora realmente sem se preocupar com os olhares das estenógrafas, contadores, escriturários. A curiosidade e a hostilidade ligeiramente velada daquelas pessoas não a atingiam mais. Sua partida iminente a libertou da necessidade de conciliação que a incomodava por tanto tempo. Foi agradável para Helga Crane poder sentar-se calmamente olhando pela janela para o gramado suave, onde algumas folhas caídas prematuramente pontilhavam a relva, pela primeira vez sem se importar se o vestido que usava despertava desaprovação ou inveja.

Afastando-se da janela, seu olhar vasculhou desdenhosamente as roupas sem graça das funcionárias. Cores monótonas, em sua maioria azul-marinho, preto, marrom, sem variações, a não ser por um pedaço de branco ou bronze das mãos e pescoços. Fragmentos de um discurso da reitora dirigido às mulheres flutuaram em seus pensamentos — "cores vivas são vulgares" — "Preto, cinza, marrom e azul-marinho são as cores mais elegantes para pessoas de cor" — "Pessoas com a pele escura não deveriam usar amarelo, ou verde ou vermelho." — A reitora é uma mulher de uma das "primeiras famílias" — uma excelente mulher de "raça"; ela, Helga Crane, uma mulata desprezada; mas alguma intuição, algum impulso, não analisado, de lealdade à necessidade racial inerente por beleza, dizia a ela que as cores brilhantes eram adequadas e que as pessoas de pele escura deveriam usar amarelo, verde e vermelho. Preto, marrom e cinza eram a ruína para eles, realmente destruíam os tons luminosos que se escondiam em sua pele escura. Uma das cenas mais adoráveis que Helga já vira foi uma garota negra retinta enfeitada com um vestido laranja flamejante, que uma matrona horrorizada no dia seguinte entregou ao tintureiro. Por que, ela se perguntou, ninguém escreveu ainda *Um apelo à cor*?[3]

Aquelas pessoas ladravam alto sobre raça, consciência de raça, orgulho da raça, e ainda suprimiam suas manifestações mais deliciosas: o amor pela cor, a alegria de ritmo, a risada ingênua, espontânea. Harmonia, esplendor e simplicidade, tudo de mais essencial na beleza espiritual da raça foi marcado para ser destruído.

Ela voltou-se aos seus problemas. As roupas foram uma das suas dificuldades em Naxos. Helga Crane amava roupas, roupas elaboradas. Ainda assim, ela tentou não ofender. Mas com pouco sucesso, porque,

---

3 *Referência a* Um apelo ao Sul branco por uma mulher de cor ("A Plea for the White South by a Colored Woman") *publicado em 1905 por Mary Church Terrel, a primeira afro-americana de ascendência mista a dirigir uma escola.*

embora tenha adotado um estilo enganadoramente simples, os olhos de falcão da reitora e das matronas haviam detectado a diferença sutil quanto às suas roupas irrepreensivelmente convencionais. Também sentiram que as cores eram estranhas; roxos profundos, azul royal, verdes vivos, vermelhos intensos, em lãs macias e luxuosas ou sedas fortes e colantes. E os acessórios — isso quando Helga os usava —, pareciam a elas esdrúxulos. Babados antiquados, bordados estranhos, brocados esmaecidos. Seus sapatos finos e impecáveis as incomodavam e seus chapéus pequenos e singelos pareciam-lhes positivamente indecentes. Helga sorriu internamente ao lembrar que sempre que havia um evento à noite para o corpo docente, as prezadas damas provavelmente prendiam a respiração até que ela aparecesse. Viviam com o medo constante de que ela usasse um vestido de noite. O traje noturno apropriado em Naxos era a vestimenta da tarde. Quando muito se poderia, talvez, enfeitar os cabelos com flores.

Passos rápidos e abafados soaram. O secretário voltara.

"Dr. Anderson a atenderá agora, Srta. Crane."

Ela se ergueu, o seguiu e foi conduzida ao santuário protegido, sem ter decidido exatamente o que dizer. Por um momento, sentiu atrás dela a soleira da porta e então o impacto suave de seu fechamento. Diante dela, em uma grande mesa, seus olhos distinguiram a silhueta de um homem, a princípio ligeiramente borrada em seus contornos naquela luz fraca. Quando ele pronunciou "senhorita Crane?" os lábios dela se prepararam para falar, mas nenhum som veio. Ela estava ciente da confusão interior. Para ela, a situação parecia carregada, inexplicavelmente, de estranheza e algo muito parecido com histeria. Um desejo quase avassalador de rir emergiu de si. Então, milagrosamente, uma tranquilidade completa, como nunca tinha conhecido em Naxos, a possuiu. Sorriu, acenou com a cabeça em resposta à saudação interrogatória, e com um gracioso "obrigada" caiu na cadeira que ele indicou. Olhou para ele com franqueza agora, este homem ainda jovem, trinta e cinco talvez, e achou fácil continuar na linha de uma declaração simples.

"Dr. Anderson, sinto muito ter que confessar que fracassei no meu trabalho aqui. Decidi ir embora. Hoje mesmo."

Um pequeno silêncio, quase imperceptível, então uma voz profunda de ressonância agradável, perguntando gentilmente: "Não gosta de Naxos, Srta. Crane?

Ela evadiu-se.

"Naxos, o lugar? Sim, eu gosto. Quem não gostaria? É tão bonito. Mas, eu... bem... Eu aparentemente não me encaixo aqui."

O homem sorriu, apenas um pouco. "A escola? Não gosta da escola?"

As palavras irromperam. "Não, não gosto. Eu odeio!"

"Por quê?", a pergunta era franca, muito desprendida.

Na garota ardeu um desejo de ferir. Lá estava ela, olhando em devaneio para fora da janela, ostensivamente despreocupada consigo mesma ou com a resposta que ela daria. Bem, diria a ele. Ela pronunciou cada palavra com lentidão deliberada.

"Bem, para começar, odeio hipocrisia. Odeio crueldade com os alunos e com os professores que não podem revidar. Odeio fofocas, e enxeridos e invejas mesquinhas. Naxos? Não é um lugar, afinal. É mais como uma doença repugnante e venenosa. Ugh! Todo mundo gastando seu tempo em uma caça maliciosa pela fraqueza dos outros, espionando, sendo rancoroso, espezinhando."

"Entendo. E não acha que poderia ajudar a curar-nos, permanecendo entre nós, uma pessoa que não aprove essas coisas? Mesmo que seja uma única pessoa, Sta. Crane?"

Ela se perguntou se aquilo fora ironia. Ela suspeitou que fosse humor e então ignorou o tom meio suplicante na voz dele.

"Não, não acho! Não faz nenhum bem à doença. Apenas a irrita. E me faz infeliz, insatisfeita. Não é agradável parecer sempre errada, mesmo sabendo que estou certa."

O olhar dele estava nela agora, perscrutando. "Estranho", pensou ela, "como algumas pessoas marrons têm olhos cinzentos. Dá-lhes uma aparência estranha e inesperada. Um pouco assustadora."

O homem disse gentilmente: "Ah, está infeliz. E pelos motivos que relatou?"

"Sim, em parte. E também, as pessoas aqui não gostam de mim. Não acham que estou no espírito do trabalho. E não estou, não se isso significar supressão da individualidade e da beleza."

"E significa?"

"Bem, parece que é assim que funciona."

"Qual sua idade, senhorita Crane?"

Ela não gostou da pergunta, mas respondeu, tão lacônica quanto pôde, somente o número cru: "Vinte e três."

"Vinte e três. Entendo. Algum dia irá aprender que mentira, injustiça, e hipocrisia fazem parte de qualquer comunidade. A maioria das pessoas atinge uma espécie de imunidade protetora, uma espécie de carapaça em relação a elas. Se não o fizessem, não poderiam suportar. Penso que há aqui menos desses males do que na maioria dos lugares, mas porque estamos tentando fazer uma coisa tão grande, por termos uma missão tão elevada, as coisas feias aparecem mais, irritam mais alguns de nós. O trabalho é como linho branco limpo, mesmo a mais ínfima mancha aparece." Ele continuou, explicando, amplificando, apelando.

Helga Crane ficou em silêncio, sentindo um desejo misterioso que ressonava e pulsava dentro de si. Sentiu novamente aquele desejo de servir, agora não a seu povo, mas por aquele homem que falava com tanta disposição de seu trabalho, seus planos, suas esperanças. Uma necessidade insistente de ser parte deles se espalhou nela. Com um remorso comprimindo seu coração somente por ter alimentado a ideia de abandoná--lo, ela resolveu não apenas ficar até junho, mas voltar no ano seguinte. Ela estava envergonhada mas revigorada. Não era sacrifício, sentiu agora, mas desejo real de ficar, e de voltar no próximo ano.

Ele chegou, enfim, ao final do longo discurso, ao qual ela havia escutado somente uma parte. "Veja, você entende?" a instou.

"Sim, oh sim, entendo."

"O que nós precisamos é de mais pessoas como você, pessoas com um senso de valores, e proporção, uma apreciação pelas coisas raras da vida. Você tem algo para dar que nos falta muito aqui em Naxos. Não deve nos abandonar, Srta. Crane."

Ela assentiu, em silêncio. Ele a havia conquistado. Ela sabia que deveria ficar. "É algo fugidio", continuou ele. "Talvez eu possa explicar melhor usando aquela frase banal, 'Você é uma dama.' Possui dignidade, berço e educação."

Com essas palavras voltou a turbulência em Helga Crane. O desenho intrincado do tapete, que ela vinha examinando, deixou para lá. O sentimento de vergonha que lhe penalizava, evaporou. Apenas um orgulho lacerado permaneceu. Ela segurou firmemente os braços da cadeira para reter o tremor de seus dedos.

"Se estiver falando de família, Dr. Anderson, bem, eu não tenho uma. Nasci em uma favela de Chicago."

O homem escolhia as palavras, cautelosamente, pensou. "Isso não tem importância alguma, senhorita Crane. As circunstâncias financeiras e econômicas não podem destruir tendências herdadas de uma boa família. Você mesma é a prova disso."

Preocupada com seus pensamentos raivosos, que zuniam de lá para cá como ratos engaiolados, Helga mal percebia as palavras dele. As palavras dela, a resposta, caíram como bolas de granizo.

"Aí é que se engana, Dr. Anderson. Meu pai era um jogador que abandonou minha mãe, uma imigrante branca.[4] Nem sei mesmo se eram casados. Como eu disse no início, eu não pertenço aqui. Vou embora imediatamente. Esta tarde. Bom dia."

---

4   *Nella Larsen nasceu em um bairro pobre de Chicago, sua mãe foi uma imigrante dinamarquesa, e seu pai, provavelmente filho de branco americano com negra das Índias Ocidentais Dinamarquesas, abandonou a família (ou morreu, segundo Nella) quando a autora era bebê. Sua mãe casou-se com outro imigrante dinamarquês e Nella recebeu o sobrenome do padrasto.*

QUATRO

Delgadas e suaves nuvens, nuvens como fiapos de algodão incrivelmente delicado, riscavam o azul do céu do início da noite. Sobre a paisagem flutuante pairava uma névoa muito tênue, perturbada vez por outra por uma brisa lânguida. Mas nenhum frescor invadia o calor do trem que corria para o norte. As janelas abertas do abafado vagão diurno, onde Helga Crane se sentava com outros de sua raça, pareciam apenas intensificar seu desconforto.[5] Sua cabeça doía com uma dor que latejava constantemente. Isso, somado às feridas do espírito, tornava a viagem pouco menos que uma tortura medieval. Desesperadamente, ela tentava endireitar a confusão em sua mente. A fúria da conversa matinal ressurgiu diante dela como uma criatura mutilada e feia rastejando horrivelmente sobre a paisagem flutuante de seus pensamentos. Era inútil. A coisa repulsiva a pressionava, a retinha. Recostando-se, ten-

---

5   *Em 1896, a Suprema Corte dos Estados Unidos decidiu a favor da segregação racial nos meios de transportes depois que um homem de aparência branca foi preso em um trem da Louisiana, quando o condutor foi avisado de que o passageiro era, de acordo com a "regra de uma única gota", um "negro".*

tou cochilar como os outros faziam. A inutilidade de seu esforço a exasperou.

O que tinha acontecido com ela naquela sala fria e escura sob o olhar interrogativo daqueles penetrantes olhos cinzentos? Fosse o que fosse, tinha sido tão poderoso, tão persuasivo, que, se não fosse por algumas palavras casuais, ela ainda estaria em Naxos. E por que ela se permitiu ser tomada por uma raiva tão feroz, tão ilógica, tão desastrosa, que agora, depois que havia passado, ela se afundava impotente, mergulhada em uma contrição vergonhosa? Quanto mais revisava a maneira como havia se despedido, mais lhe parecia rude a atitude.

Ela, disse a si mesma, na verdade não gostava daquela doutor Anderson. Era muito controlado, muito seguro de si mesmo e dos outros. Ela detestava pessoas calmas e perfeitamente controladas. Bem, não importava. Ele não se importava. Mas ela não conseguia tirá-lo da cabeça. O que a incomodava era a fria falta de cortesia da sua própria ação impulsiva. Ela não gostava de grosserias em ninguém.

Ele havia ultrajado seu orgulho, e havia ofendido terrivelmente sua mãe com sua insinuação insidiosa. Por quê? os pensamentos recaíram em sua mãe, morta há muito tempo. Uma bela garota escandinava que amava a vida, o amor, com paixão, arriscando tudo em uma rendição cega. Um sacrifício cruel. Ao não pensar em nada que não fosse o amor, ela havia esquecido, ou talvez nunca soubesse, que o mundo nunca perdoa certas coisas. Mas, como Helga sabia, ela havia se lembrado ou aprendido pelo sofrimento e pela ansiedade pelo resto da vida. Sua filha esperava que ela tivesse sido feliz, mais feliz que a maioria das criaturas humanas, no pouco tempo que durou, pouco tempo antes que aquele canalha alegre e simpático, o pai de Helga, a abandonasse. Mas Helga Crane duvidava disso. Como ela poderia ter sido? Uma garota criada com delicadeza, vinda de uma civilização mais antiga e mais refinada, lançada na pobreza, sordidez e dissipação. Ela a imaginava agora, triste, fria e — sim, alheia. As trágicas crueldades dos anos a haviam deixado um pouco patética, um pouco dura e um pouco inacessível.

Aquele segundo casamento, com um homem de sua própria raça, mas não de sua classe — tão visceralmente, tão instintivamente rejeitado por Helga, mesmo na idade trivial de seis anos — ela agora entendia como uma necessidade repugnante. Mesmo as mulheres tolas e desprezadas precisavam de comida e roupas; até mesmo meninas negras mal amadas precisam ser sustentadas de alguma forma. A memória daqueles anos após o casamento a infligiu facadas torturantes. Diante dela surgiram as imagens da gestão cuidadosa de sua mãe para evitar aquelas brigas horríveis e assustadoras que mesmo naquele tempo distante causavam um estremecimento incontrolável, sua própria auto anulação infantil, a cruel indelicadeza de seus meios-irmãos e irmãs, e o ódio ciumento e malicioso do marido de sua mãe. Verões, invernos, anos, passando em uma longa e imutável extensão da agonia da alma. A morte da mãe, quando Helga tinha quinze anos. Seu resgate pelo tio Peter, que a mandou para a escola, uma escola para negros, onde pela primeira vez pôde respirar livremente, onde descobriu que uma pessoa por ser escura não era necessariamente odiosa, e que poderia, assim, considerar-se sem repugnância.

Seis anos. Ela fora feliz lá, tão feliz quanto uma criança desacostumada à felicidade ousaria ser. Havia sempre uma sensação de estranheza, de ser uma forasteira e de prender a respiração por medo de que aquilo não durasse. E não durou. Foi diminuindo gradualmente até um eclipse de doloroso isolamento. À medida em que ficava mais velha, ia gradualmente percebendo a diferença entre ela e as garotas ao seu redor. Elas tinham mães, pais, irmãos e irmãs de quem falavam com frequência e que às vezes as visitavam. Iam para casa nas férias, as quais Helga passava na cidade onde ficava a escola. Elas se visitavam e conheciam muitas pessoas. O descontentamento para o qual não havia remédio se apoderou dela, e ela ficou quase feliz quando esses anos mais pacíficos que já conhecera chegaram ao fim. Ela tinha sido mais feliz, mas ainda terrivelmente solitária.

Ela ansiava, em prazerosa expectativa, por trabalhar em Naxos até que a oportunidade surgiu. E agora isto! O que foi aquilo que se interpôs em seu caminho? Helga Crane não conseguia explicar, dar um nome a isso. Ela havia tentado no início da tarde em sua conversa gentil, mas em *stacatto*, com James Vayle. Até para si mesma, sua explicação pareceu fútil e insuficiente; não admira que James estivesse impaciente e incrédulo. Durante a conversa breve e insatisfatória, ela teve a estranha sensação de que ele se sentia de alguma maneira traído. E mais de uma vez ela teve consciência de uma certa suspeita na atitude dele, uma sensação de que ele estava sendo enganado, de que suspeitava nela alguma intenção oculta que ele estava tentando descobrir.

Bem, isso ficou para trás. Ela nunca se casaria com James Vayle agora. Ela deu-se conta de que, mesmo que tivesse permanecido em Naxos, nunca teria se casado com ele. Ela não poderia ter se casado com ele. Gradualmente, também, esgueirou-se em seus pensamentos a respeito dele uma curiosa sensação de repugnância, que ela não sabia de onde tinha vindo. Era nova, uma sensação que não tivera antes. É certo que ela nunca o amou de forma avassaladora, não, por exemplo, como sua mãe deveria ter amado seu pai, pois ela tinha gostado dele, e esperava amá-lo, depois do casamento. As pessoas geralmente amam depois que se casam. Não, ela não amou James, mas quis muito amá-lo. Uma náusea aguda cresceu dentro dela ao se lembrar do leve tremor dos lábios dele às vezes quando as mãos dela inesperadamente tocavam as dele; a veia latejante na testa dele em um dia alegre, quando eles vagaram sozinhos pelas colinas baixas e ela lhe permitira beijos frequentes sob o abrigo de alguns salgueiros pendentes. Agora, ela arrepiou-se um pouco, mesmo no trem quente, como se de repente tivesse saído de um lugar quente e perfumado para o ar fresco e claro. Ela devia estar louca, pensou; mas não sabia dizer por que pensava assim. Isso também a incomodava.

Uma conversa com risos altos zumbiam em volta dela. Do outro lado do corredor, um bebê cor de bronze, com olhos brilhantes e fixos, começou a choramingar e sua jovem mãe tentou silenciá-lo com uma cantoria baixa e monótona. No assento, um pouco adiante, um jovem casal, negro castanho, estava absorvido em comer um frango frito frio, mastigando ruidosamente as pontas dos ossos estaladiços e dourados. A pouca distância, um trabalhador cansado roncava. Perto dele, duas crianças jogaram cascas de laranja e banana no chão já imundo. O cheiro de comida rançosa e de tabaco velho irritou Helga como uma dor física. Um homem, um homem branco, atravessou o vagão lotado e cuspiu duas vezes, uma no centro exato da porta encardida do vagão e outra no recipiente que continha a água potável. Helga percebeu instantaneamente que sentia uma sede ardente. Seus olhos buscaram o pequeno relógio no pulso. Dez horas até Chicago. Será que ela teria a sorte de persuadir o condutor a deixá-la ocupar um beliche, ou ela teria que ficar aqui a noite toda, sem dormir, sem comida, sem bebida, e com aquela porta nojenta que seus olhos tentavam evitar mas para a qual tantas vezes voltavam involuntariamente?

Seu primeiro esforço foi mal sucedido. Um mal-humorado "Não, você sabe que não pode," era a resposta a sua pergunta. Porém, mais adiante no itinerário, houve uma troca de agentes ferroviários. Sua recusa a fez relutante em tentar novamente, mas a entrada de um fazendeiro carregando uma cesta com galinhas vivas, que ele depositou no assento, o único vazio, ao lado dela, fortaleceu sua coragem enfraquecida. Timidamente, ela se aproximou do novo condutor, um homem idoso de bigode grisalho e aparência agradável, que a submeteu a um olhar penetrante e avaliador e depois prometeu ver o que poderia ser feito. Ela o agradeceu, e voltou ao assento compartilhado, para esperar ansiosamente. Após meia hora, ele retornou, dizendo que poderia "dar um jeito", havia um compartimento onde ela poderia ficar, acrescentando: "Vai lhe custar dez dólares." Ela murmurou: "Tudo bem. Obrigada." Era duas vezes o preço, e ela precisava de cada centavo, mas ela sabia que era muita sorte ter conseguido, mesmo nessas condições, e por isso ficou muito grata, enquanto seguia sua figura alta e trôpega para fora daquele vagão e através de outros que pareciam intermináveis, e finalmente para um onde ela poderia descansar um pouco.

Ela se despiu e deitou, seus pensamentos ainda ocupados com o encontro da manhã. Por que ela não entendeu o que ele quis dizer? Por que, se ela havia falado tanto, não contara mais sobre si e sua mãe? Ele teria, e disso ela tinha certeza, entendido, até mesmo se solidarizado. Por que ela havia perdido a paciência e dado lugar a raivosas meias-verdades?... Raivosas meias-verdades... Raivosas...

Cinco

A Chicago cinzenta fervilhava, erguia-se e desabava em torno dela. Helga estremeceu um pouco, puxando seu casaco leve para mais perto. Ela havia se esquecido de como março podia ser frio sob o céu pálido do norte. Mas ela gostava daquilo, daquele vento forte e ruidoso. Mesmo a neve ela teria apreciado, pois marcaria o contraste entre essa liberdade e a gaiola que Naxos fora para ela. Se isso já não fosse marcado o suficiente pelo barulho, a correria, as multidões.

Helga Crane, que nascera naquela cidade suja, louca e apressada, não tinha ali um lar. Sequer tinha amigos lá. Teria que ser, ela decidiu, a Associação Cristã de Moças. "Ai meu Deus! A ascensão. Pobres, pobres das pessoas de cor. Bem, não adianta ficar me preocupando com isso. Vou pegar um táxi para me levar, bolsa e bagagem, depois vou tomar um banho quente e uma refeição realmente boa, espreitar as lojas — não devo comprar nada — e depois o tio Peter. Acho que não vou telefonar. Melhor se lhe fizer uma surpresa."

Já era tarde, muito tarde, quase noite, quando finalmente Helga deu os passos para o norte, em direção à casa do tio Peter. Ela adiara o máximo que podia, pois detestava a tarefa. O fato de aquele dia ter lhe mostrado suas necessidades prementes não diminuiu seu desgosto. À medida que se aproximava do Lado Norte, o desgosto crescia. Chegando enfim à porta familiar da velha casa de pedra, sua confiança de ser acolhida por seu tio Peter a abandonou. Tocou de leve a campainha e resolveu dar as costas, voltar para o quarto e telefonar ou, melhor ainda, escrever. Mas antes que ela pudesse recuar, a porta foi aberta por uma empregada estranha de rosto vermelho, vestida afetadamente em preto e branco. Isso aumentou a desconfiança de Helga. Onde, ela se perguntou, estava a antiga Rose, que, desde que ela conseguia se lembrar, servia a seu tio.

O hostil "Bem?" daquela nova criada a fez lembrar à força o motivo de sua presença ali. Ela disse com firmeza: "Sr. Nüssen, por favor."

"O Sr. Nilssen não está," foi a resposta insolente. "Quer ver a Sra. Nilssen?"

Helga ficou estática. "Sra. Nilssen! Desculpe, mas disse 'Sra. Nilssen'?"

"Disse", respondeu a empregada secamente, começando a fechar a porta.

"O que é, Ida?" Uma voz suave de mulher veio do interior.

"Alguém para o Sr. Nilssen, senhora." A garota olhou envergonhada. No rosto de Helga o sangue subiu formando uma profunda mancha vermelha. Ela explicou: "Helga Crane, a sobrinha dele."

"Ela diz que é sobrinha dele, senhora."

"Bem, deixe-a entrar."

Não havia escapatória. Ela parou diante do amplo corredor da entrada e ficou incomodada por se encontrar tremendo. Uma mulher alta, distintamente vestida, com um cabelo grisalho brilhante preso em coque, veio em sua direção murmurando com uma voz intrigada: "Sobrinha dele, você disse?"

"Sim, Helga Crane. Minha mãe era irmã dele, Karen Nüssen. Eu estive fora. Não sabia que o tio Peter havia casado." Sentindo o ambiente, Helga notou imediatamente o antagonismo latente nos modos da mulher.

"Oh, sim! Eu me lembro de você agora. Havia me esquecido por um momento. Bem, ele não é exatamente seu tio, é? Sua mãe não era casada, era? Quero dizer, com seu pai?"

"Eu... eu não sei", gaguejou a garota, sentindo-se empurrada para as profundezas da humilhação.

"Claro que não era." A voz clara e baixa tinha uma nota de certeza. "O Sr. Nilssen tem sido muito gentil com você, apoiou-a, mandou-a para a escola. Mas não deve esperar mais nada. E não deve vir mais aqui. É ... bem, francamente, não é conveniente. Tenho certeza de que uma garota inteligente como você pode entender isso."

"Claro," Helga concordou, friamente, congelando, mas seus lábios tremeram. Queria sair dali o mais rápido possível. Ela se dirigiu à porta. Houve um segundo de silêncio total, depois a voz da Sra. Nilssen, um pouco agitada: "E por favor, lembre-se que meu marido não é seu tio. Não mesmo! Ora, isso... isso me tornaria sua tia! Ele não é...."

Mas finalmente a maçaneta girou na mão atrapalhada de Helga. Ela deu uma risadinha não premeditada e foi-se. Quando já estava na rua, ela correu. Seu único impulso foi o de ficar o mais longe possível da casa do tio, e dessa mulher, a esposa, que tão claramente desejava dissociar-se do ultraje que era a existência de Helga. Ela foi tomada de um pavor, uma emoção contra a qual ela conhecia apenas duas armas: chutar e gritar, ou fugir.

O dia tinha se estendido. Já era noite e estava muito mais frio, mas Helga Crane estava inconsciente de qualquer mudança, de tão abalada, e furiosa, que estava. O vento a cortava como uma faca, mas ela não sentia. Estancou sua corrida frenética, finalmente ciente dos olhares curiosos dos transeuntes. Em um ponto, por um momento menos frequentado que os outros, parou para dar atenção à sua aparência desordenada. Aqui, um homem, bem vestido e de fala agradável, abordou-a. Nessas ocasiões, ela costumava responder de modo mordaz, mas naquela noite o rosto pálido e caucasiano dele parecia muito engraçado para ela. Rindo asperamente, ela lançou-lhe as palavras: "Você não é meu tio."

Ele se afastou com pressa, provavelmente pensando que estava bêbada ou possivelmente um pouco maluca.

A noite caiu, enquanto Helga Crane, na rapidez ribombante de um trem elevado, sentava-se, prostrada. Era como se todos os bichos-papões e fantasmas que assombravam sua infância sem amor, sem afeição e infeliz tivessem voltado com dez vezes mais força para machucar e assustar. Porque agora a ferida, depois que um longo período de liberdade da presença deles a deixara vulnerável, era mais profunda. O pior de tudo era o fato de que debaixo daquela dor lancinante ela compreendia e se solidarizava com o ponto de vista da Sra. Nilssen, como sempre tinha sido capaz de compreender os pontos de vista da mãe, do padrasto e dos filhos dele. Ela se via como uma chaga na vida deles, que a todo custo tinha que ser escondida. Ela entendia, mesmo quando se ressentia. Teria sido mais fácil se não tivesse.

Mais tarde, no silêncio solitário do seu quartinho, ela se lembrou do objetivo não atingido de sua visita. Dinheiro.

Como era de seu costume, ainda que admitisse essa necessidade, e seu desejo inegável, ela fazia pouco caso do dinheiro, das fugidias qualidades as quais ela ainda não havia conhecido . Ela deveria encontrar algum tipo de trabalho. Talvez a biblioteca. Ela se apegou à ideia. Sim, certamente na biblioteca. Ela conhecia e amava livros.

Ela parou olhando atentamente para a rua cintilante, lá embaixo, fervilhando de gente, fundindo-se em pequenos redemoinhos e se desgarrando-se para seguir seus caminhos individuais. Poucos minutos depois, ela estava na soleira da porta, movida por um desejo incontrolável de se misturar à multidão. O céu púrpura mostrava nuvens trêmulas se acumulando, flutuando daqui para ali com uma espécie de interminável falta de propósito. Muito parecido com a miríade humana que se apertava apressadamente. Olhando para a multidão, Helga se perguntava quem eram eles, o que faziam, e o que pensavam. O que se passava por trás daqueles montes escuros de carne? Eles realmente pensavam? Ainda, ao sair para o meio da multidão multicolorida em movimento, veio-lhe uma estranha sensação de entusiasmo, como se estivesse saboreando uma comida exótica e agradável ... *ris-de-veau*, coberto com trufas e cogumelos, talvez. E, por mais estranho que pareça, sentiu também que tinha voltado para casa. Ela, Helga Crane, que não tinha casa.

SEIS

Helga acordou com o som da chuva. O dia estava cinza chumbo, com uma bruma negra e um branco enfadonho. Isso não a surpreendeu: a noite havia prometido o mau tempo. Ela franziu um pouco a testa, lembrando que era aquele o dia em que deveria procurar trabalho.

Ela se vestiu cuidadosamente, com as roupas mais simples que possuía, um conjunto de sarja azul de corte impecável, de cujo bolso esquerdo espreitava um lenço colorido, uma blusa de seda pesada e sem adornos, um chapéu castanho amarelado pequeno e elegante e finos sapatos Oxford marrons, e escolheu um guarda-chuva marrom. Na rua vizinha avistou um pequeno e simpático restaurante, que havia notado na noite anterior quando caminhava pela vizinhança, pois os copos grosseiros e os estranhos talheres escuros da Associação Cristã de Moças a afligiam.

Depois de um leve café da manhã, ela tomou seu caminho até a biblioteca, aquele prédio cinza feio, onde moravam muito conhecimento e um pouco de magia, em intermináveis prateleiras. A pessoa amigável na mesa da entrada deu a ela um sorriso gentil quando Helga disse o que queria e pediu orientações.

"O corredor à sua esquerda, então a segunda porta à direita", foi-lhe informado.

Diante da porta indicada, ela hesitou por meio segundo, então se preparou e entrou. Em menos de quinze minutos saiu, confusamente decepcionada.

"Treinamento de biblioteca" — "serviço público" — "escola de biblioteca" — "classificação" — "catalogação" — "aula de treinamento" — "exame" — "período experimental" — passaram pela sua mente.

"Como eles precisam ser eruditos!" comentou sarcasticamente para si mesma, e ignorou a curiosidade sorridente da recepcionista enquanto atravessava o corredor para a rua. Por um longo momento permaneceu nos degraus altos de pedra acima da avenida, então deu de ombros e desceu. Foi uma decepção, mas é claro que havia outras coisas. Ela iria encontrar outra coisa. Mas o quê? O ensino, mesmo como professora substituta, era inútil tentar agora, em março. Ela não tinha formação em negócios e as lojas não tinham balconistas ou vendedores negros, nem mesmo as menores. Ela não sabia costurar, não sabia cozinhar. Bem, ela poderia fazer trabalho doméstico, ou servir mesas, pelo menos por um curto período de tempo. Até juntar um pouco de dinheiro. Com esse pensamento, ela se lembrou de que a Associação Cristã de Moças mantinha uma agência de empregos.

"Claro, lá mesmo!" Exclamou em voz alta. "Vou direto para lá."

Mas, embora o dia ainda estivesse sombrio, a chuva tinha parado de cair e Helga, em vez de voltar, passou horas vagando sem rumo pelas ruas movimentadas do centro de Chicago. Quando finalmente refez seus passos, o horário de trabalho havia terminado e a agência de empregos estava fechada. Isso a assustou um pouco, isso e o fato de haver gasto dinheiro, muito dinheiro, com um livro e uma bolsa de tapeçaria, coisas que ela queria, mas não precisava e certamente não tinha como pagar. Arrependida e consternada, resolveu ficar sem jantar, como uma penitência auto-infligida, assim como uma economia — e ela estaria na agência na manhã seguinte bem cedo.

Mas somente três dias depois é que Helga Crane procurou a Associação ou qualquer outra agência de empregos. E foi a mera necessidade que a levou até lá, pois seu dinheiro havia se reduzido a uma soma ridícula. Ela tinha adiado o momento odioso, tinha se assegurado de que estava cansada, precisava de um pouco de férias, era o justo. Tinha sido agradável, o lazer, as caminhadas, o lago, as lojas e ruas com suas cores alegres, seu movimento, depois do grande sossego de Naxos. Agora ela estava em pânico.

No escritório, vários tipos de mulheres ocupavam a longa fileira de cadeiras. Algumas estavam manifestamente desinteressadas, outras exibiam um ar de aguda expectativa, o que perturbou Helga. Atrás de uma mesa, duas jovens atentas, ambas com ar superior, estavam ocupadas escrevendo e preenchendo incontáveis cartões brancos. De vez em quando uma parava para atender o telefone.

"Agência de emprego da A.C.M. ... Sim ... Soletre, por favor ... Dormir dentro ou fora? Trinta dólares?... Obrigada, vou mandar uma imediatamente."

Ou "Lamento muito, não temos ninguém agora, mas vou enviar-lhe a primeira que vier".

Suas maneiras eram indistintamente profissionais, mas elas ignoraram a já envergonhada Helga. Com dificuldade, ela se aproximou da mesa. A mais escura das duas ergueu os olhos e abriu um pequeno sorriso.

"Sim?" perguntou.

"Será que você pode me ajudar? Quero trabalho", disse Helga com simplicidade.

"Talvez. Que tipo? Você tem referências?"

Helga explicou. Ela era uma professora. Formada em Devon. Tinha ensinado em Naxos.

A garota não estava interessada. "Nosso tipo de trabalho não serviria para você", ela repetia ao final de cada uma das falas de Helga. "A maioria é doméstico."

Quando Helga disse que estava disposta a aceitar qualquer tipo de trabalho, uma leve, quase imperceptível mudança rastejou na maneira da atendente e seu sorriso perfunctório desapareceu. Ela repetiu a pergunta sobre a referência. Ao saber que Helga não tinha nenhuma, disse finalmente: "Sinto muito, mas nunca mandamos alguém sem referências."

Com a sensação de que havia levado um tapa, Helga Crane saiu apressada. Depois de almoçar, procurou uma agência de empregos na rua State. Uma hora se passou em espera paciente. Então chegou a vez dela de ser entrevistada. Ela disse, simplesmente, que queria trabalho, qualquer tipo de trabalho. Uma jovem competente, cujos olhos a observavam como um sapo atrás de grandes óculos de aro de tartaruga, examinou-a com olhar avaliador e perguntou por sua história, passada e presente, sem esquecer as "referências". Helga disse que era formada em Devon, havia lecionado em Naxos. Mas antes mesmo de chegar à explicação da falta de referências, o interesse da outra por ela havia desaparecido.

"Sinto muito, mas não temos nada que possa te interessar", disse e acenou para a próxima candidata, que imediatamente se adiantou, estendendo vários papéis desgastados.

"Referências," pensou Helga ressentida, amarga, ao sair pela porta para a rua movimentada e espalhafatosa em busca de outra agência, onde sua visita foi igualmente em vão.

Dias como esse. Semanas. E das buscas e respostas fúteis a anúncios de jornal. Ela atravessou quilômetros de ruas, mas parecia que em todos aqueles lugares movimentados ninguém queria seus serviços. Pelo menos não do tipo que ela oferecia. Uns poucos homens, brancos e negros, ofereceram-lhe dinheiro, mas o custo por aquele dinheiro era alto. Helga Crane não se sentiu inclinada a pagar.

Começou a se sentir apavorada e perdida. E um pouco irritada também, pois seu pouco dinheiro estava diminuindo e ela sentia a necessidade de economizar de alguma forma. A comida era o mais fácil.

No meio de sua busca por trabalho, ela também se sentia terrivelmente sozinha. Essa sensação de solidão aumentou, atingiu proporções assustadoras, envolvendo-a, isolando-a de toda a vida ao seu redor. Estava devastada, e sempre à beira do choro. Saber que em toda aquela cidade massiva ninguém se importava nem uma gota por ela a fazia se sentir insignificante.

Helga Crane não era religiosa. Não confiava em nada. Mesmo assim, aos domingos, comparecia ao culto muito da moda e de elevado nível na Igreja Episcopal Negra na Avenida Michigan. Esperava que algum bom cristão falasse com ela, a convidasse a voltar ou perguntasse gentilmente se ela era uma forasteira na cidade. Ninguém o fez, e ela se tornou amarga, desconfiando ainda mais da religião. Ela mesma não tinha noção do seu ar de deslocamento e que repelia as abordagens, uma arrogância que despertava nos outros uma irritação peculiar. Eles a notaram, admiraram suas roupas, mas isso foi tudo, pois a maneira desinteressada e autossuficiente que adotara instintivamente como medida protetora para sua aguda sensibilidade, em seus dias de criança, ainda se agarrava a ela.

Uma sensação agitada de desastre se apoderou dela, a oprimiu. Então, uma tarde, saindo da desanimadora rodada de agências e respostas vãs dos anúncios de jornal para a limpeza espartana de seu quarto, encontrou entre a porta e o peitoril um pequeno bilhete dobrado. Abrindo-o, leu:

Srta. Crane:
Por favor, venha à agência de emprego tão logo retorne.
Ida Ross

Helga passou algum tempo contemplando aquele bilhete. Ela estava com medo de ter esperança. Suas possibilidades a faziam sentir-se um pouco histérica. Finalmente, depois de bater a sujeira das ruas empoeiradas, ela desceu, até aquela sala onde sentira pela primeira vez a pequenez de seu valor comercial. Os fracassos subsequentes aumentaram seu sentimento de incompetência, mas ela se ressentia do fato daquelas funcionárias estarem evidentemente cientes de sua falta de sucesso. Isso lhe exigiu todo o orgulho e altivez que pudesse reunir para suportar estar na presença delas. Porém sua arrogância adicional passou desapercebida por aquelas para quem era dirigida. Elas estavam unicamente interessadas no assunto para o qual a convocaram, o de conseguir uma companheira de viagem para uma palestrante feminina a caminho de uma convenção.

"Ela quer", a senhorita Ross disse a Helga, "alguém inteligente, alguém que possa ajudá-la a colocar os discursos em ordem no trem. Pensamos logo em você. Claro, não é um emprego fixo. Ela pagará suas despesas e mais vinte e cinco dólares. Ela parte amanhã. Aqui está o endereço. Você deve ir ter com ela às cinco horas. Já passa das quatro. Vou telefonar e dizer que você já está à caminho."

A presunção de que ela saltaria para agarrar a oportunidade irritou Helga. Ela percebeu um desejo de ser desagradável. Uma intenção de atirar na cara delas o endereço da palestrante mexeu com ela, mas ela se lembrou da solitária nota de cinco dólares na preciosa bolsa de tapeçaria antiga pendente em seu braço. Ela não poderia arcar com o custo de ter raiva. Então agradeceu-as muito educadamente e partiu para a casa da Sra. Hayes-Rore no Grand Boulevard, sabendo muito bem que ela pretendia aceitar o trabalho, se a palestrante a aceitasse. Vinte e cinco dólares não era para serem encarados com nariz em pé quando se possui apenas uma nota de cinco. E as refeições — por pelo menos quatro dias.

A Sra. Hayes-Rore revelou-se uma mulher rechonchuda e amarelada, com cabelo mal alisado e unhas sujas. Seu olhar direto e penetrante era um tanto formidável. Caderno na mão, ela deu a Helga a impressão de ter acordado cedo para uma convenção com outras autoridades incomodadas com o problema da raça, e tendo estado em conferência sobre o assunto o dia todo. Evidentemente, ela tivera pouco tempo ou cabeça para vestir com cuidado as roupas da moda de cinco anos atrás que a cobriam e que, mesmo na sua juventude, dificilmente teriam lhe servido ou combinado com ela. Ela tinha uma personalidade ácida e enxerida. Aprovou Helga, depois de fazer perguntas intermináveis sobre sua educação e suas opiniões sobre o problema racial, nenhuma das quais ela teve permissão de responder, pois a Sra. Hayes-Rore ou passava para a próxima ou respondia ela mesma à pergunta comentando: "Não que isso importe, se você puder apenas fazer o que eu quero que seja feito, e as meninas da Associação disseram que você poderia. Eu estou no Conselho de Administração e sei que não iriam me mandar alguém que não fosse adequada." Depois que isso foi repetido duas vezes com uma voz estrondosa e oratória, Helga sentiu que as secretárias da Associação haviam se arriscado muito ao mandar uma pessoa sobre a qual sabiam tão pouco.

"Sim, tenho certeza que você vai servir. Não preciso de ideias, tenho muitas delas. É só arranjar alguém para me ajudar a colocar os meus discursos em ordem, corrigir e sintetizar, você sabe. Eu saio às onze da manhã. Você pode estar pronta nesse horário? ... Muito bom. É melhor estar aqui às nove. Agora não me decepcione. Estou contando com você."

Ao sair para a rua e percorrer habilmente o fervilhante trânsito humano, Helga revisou o plano que havia traçado, na presença da palestrante, para permanecer em Nova York. Lá ela teria vinte e cinco dólares e talvez o valor da passagem de volta. O suficiente para um começo. Certamente ela conseguiria trabalho lá. Todo mundo conseguia. De qualquer forma, ela teria uma referência.

Com sua decisão, ela se sentiu renascida. Começou com alegria a pintar o futuro com cores vívidas. O mundo passou a brilhar, e a vida deixou de ser uma luta e se tornou uma alegre aventura. Até os anúncios nas vitrines das lojas pareciam cintilar com esplendor.

Curiosa a respeito da Sra. Hayes-Rore, ao retornar à A.C.M. foi à agência de empregos, ostensivamente com a intenção de agradecer às garotas e informar que a mulher importante a aceitara. Havia, ela perguntou, algo que ela precisava saber? A Sra. Hayes-Rore parecia ter tanta fé na recomendação delas que ela se sentiu quase obrigada a dar satisfação. E acrescentou: "Não tive muitas oportunidades para fazer perguntas. Ela parecia tão ... ã ... ocupada."

As duas meninas riram. Helga riu com elas, surpresa por não ter percebido antes como eram agradáveis.

"Terminamos aqui em dez minutos. Se você não estiver ocupada, venha jantar conosco e contaremos sobre ela", prometeu a senhorita Ross.

SETE

Tendo finalmente voltado a atenção para Helga Crane, a Sorte agora parecia determinada a sorrir, para reparar sua vergonhosa negligência no passado. Tinha, Helga decidiu, apenas que apertar o botão certo, soltar a mola certa, a fim de atrair a atenção da megera.

Para Helga, o botão certo havia sido a Sra. Hayes-Rore. Desde então, ao relembrar aquele dia em que com a bolsa quase vazia e o coração apreensivo ela havia saído da Associação Cristã de Moças para a casa da Sra. Hayes-Rore no Grand Boulevard, ela sempre pensaria sobre sua falta de astúcia em não ver logo naquela mulher alguém que, em poucas palavras, teria uma participação na conformação de seu destino.

O marido da Sra. Hayes-Rore fora há algum tempo um fio escuro no tecido sujo da política do lado sul de Chicago, que, partindo dessa vida de modo rápido, inesperado e um tanto misterioso, e um pouco antes que toda a sua fortuna repentinamente adquirida tivesse tempo de desaparecer, deixara sua viúva confortavelmente estabelecida com dinheiro e um pouco daquele prestígio que ele gozava na sociedade Negra. Helga passou a saber de tudo isso com as secretárias da

A.C.M. E, por meio de inúmeros comentários ditos pela própria Sra. Hayes-Rore, ela pode preencher os detalhes de maneira mais ou menos adequada.

No trem que as transportava para Nova York, Helga fez um breve trabalho de correção e condensação dos discursos, que a Sra. Hayes-Rore, como proeminente mulher da "raça" e autoridade no problema, deveria fazer diante de várias reuniões da convenção anual da Liga de Clubes das Mulheres Negras, que aconteceria na semana seguinte em Nova York. Esses discursos revelaram-se apenas retalhos de falas e opiniões alheias. Helga tinha ouvido outros palestrantes dizerem as mesmas coisas em Devon e novamente em Naxos. Ideias, frases e até mesmo parágrafos inteiros foram retirados em bloco de discursos anteriores e obras publicados por Wendell Phillips, Frederick Douglass, Booker T. Washington e outros doutores dos males da raça. Para variar, a Sra. Hayes-Rore temperou o dela com uma pitada apimentada de Du Bois[6] e algumas declarações ácidas de sua autoria. Fora isso, refletiu Helga, era sempre o velho discurso.

Porém a Sra. Hayes-Rore tornou-se para ela, após o curto e embaraçoso primeiro período, interessante. Seus olhos escuros, brilhantes e investigativos,

---

6 Phillips (branco), Douglas (negro e ex-escravizado) e Washington (ex-escravizado filho de branco) foram lideranças abolicionistas e defensores dos direitos dos negros nos Estados Unidos no fim do século 19. W.E.B du Bois, de ascendência africana e europeia, foi sociólogo, historiador e ativista. Era contemporâneo de Nella e com ela convivia nos círculos da Renascença do Harlem.

tinham, Helga notou, um brilho engraçado, e algo na maneira como ela segurava a cabeça desalinhada dava a impressão de uma gata observando sua presa de modo que quando ela atacasse, se ela assim decidisse, o golpe seria certeiro. Helga, erguendo os olhos da última leitura dos discursos, tinha consciência de que estava sendo estudada. Sua empregadora estava sentada recostada, as pontas dos dedos pressionadas, a cabeça um pouco inclinada para o lado, seus pequenos olhos inquisitivos perfurando a garota diante dela. E enquanto o trem se lançava freneticamente em direção à fumacenta Newark, ela decidiu atacar.

"Agora me diga" ela ordenou, "como é que uma garota distinta como você pode sair correndo assim de uma hora para a outra. Eu deveria pensar que sua família teria objeções, ou faria perguntas, ou coisa assim."

Diante dessa observação, Helga Crane não pôde evitar de baixar os olhos para esconder a raiva que havia neles. Será que ela teria sempre que explicar sobre sua família — ou a falta dela? Mas ela disse com bastante cortesia, conseguindo até mesmo um sorrisinho duro: "Bem, veja, Sra. Hayes-Rore, eu não tenho ninguém. Só sou eu, então posso fazer o que quiser."

" Rá!" disse a Sra. Hayes-Rore.

Assustador, pensou Helga Crane, o poder daquele som vindo dos lábios daquela mulher. Como, se perguntou, ela conseguiu investi-lo com tanta incredulidade?

"Se você não tivesse família, não estaria viva. Todo mundo tem alguém, Srta. Crane. Todo mundo".

"Eu não tenho, Sra. Hayes-Rore."

A Sra. Hayes-Rore revirou os olhos. "Bem, isso é muito misterioso, e detesto mistérios." Ela deu de ombros, e naqueles olhos agora vinha com alarmante rapidez uma crítica acusadora.

"Não é", Helga respondeu defensivamente, "um mistério. É um fato, e muito desagradável. Inconveniente também," e riu um pouco, desejando não chorar.

Sua algoz, em repentino embaraço, voltou seus olhos penetrantes para a janela. Ela parecia atenta aos quilômetros de barro vermelho que deslizavam. Depois de um momento, porém, ela perguntou gentilmente: "Você não gostaria de me falar sobre isso, não é? Parece incomodá-la. E eu me interesso por garotas."

Irritada, mas ainda insistindo, pelo bem dos vinte e cinco dólares, no seu autocontrole, Helga deu uma pequena sacudida na cabeça e estendeu as mãos de uma forma desamparada e abatida. Depois deu de ombros. O que isso importa? "Oh, bem, se você quer realmente saber. Eu lhe asseguro, não é nada interessante. Nem obsceno," acrescentou maliciosamente. "É apenas horrível. Para mim." E começou zombeteiramente a relatar sua história.

Mas assim que começou, novamente teve aquela sensação dolorida de revolta, e novamente o tormento pelo qual havia passado assomou diante dela como algo brutal e imerecido. Arrebatadoras, lacrimosas, incoerentes, as palavras finais caíram de seus lábios petulantes e trêmulos.

A outra mulher ainda olhava pela janela, aparentemente tão interessada no aspecto externo das áreas monótonas da zona industrial de Nova Jersey, por onde estavam passando que, para ver melhor, ela agora havia virado tanto a cabeça que apenas uma orelha e uma pequena porção da bochecha eram visíveis.

Durante a pequena pausa que se seguiu ao relato de Helga, os rostos das duas mulheres, que estavam relaxados, pareceram enrijecer. Era quase como se elas tivessem vestido máscaras. A garota desejava esconder seus sentimentos turbulentos e aparentar indiferença à opinião da Sra. Hayes-Rore sobre sua história. A mulher sentiu que a história, tratando da mistura de raças e possivelmente do adultério, estava além de uma discussão definitiva. Pois entre os negros, assim como entre os brancos, entende-se tacitamente que essas coisas não são mencionadas — e, portanto, não existem.

Deslizando habilmente de um assunto precário para um mais comedido e decente, a Sra. Hayes-Rore perguntou a Helga o que ela estava pensando em fazer quando voltasse para Chicago. Teria ela alguma coisa em mente?

Helga, ao que parecia, não tinha. A verdade é que estava pensando em ficar em Nova York. Talvez pudesse encontrar algo por lá. Parece que todo mundo encontrava. Ela ao menos poderia tentar.

A Sra. Hayes-Rore suspirou, sem nenhuma razão óbvia. "Hum, talvez eu possa te ajudar. Conheço algumas pessoas em Nova York. Você conhece alguém?"

"Não."

"Nova York é o lugar mais solitário do mundo se você não conhece ninguém."

"Não tem como ser pior que Chicago," disse Helga ferozmente, dando um chute violento no suporte da mesa.

Elas estavam entrando no escuro do túnel. A Sra. Hayes-Rore murmurou pensativamente: "É melhor você vir ao centro e ficar comigo alguns dias. Posso precisar de você. Algo pode acontecer."

Era uma daquelas manhãs cruéis, claras e ventosas. Parecia a Helga, quando emergiam das profundezas da vasta estação, haver uma malícia que rodopiava no ar cortante daquela cidade luminosa. As palavras da Sra. Hayes-Rore sobre a terrível solidão dispararam em sua mente. Sentiu a hostilidade agressiva. Até mesmo os grandes edifícios, a correria dos táxis e as multidões em redemoinho pareciam manifestações de malevolência proposital. E naquele curto primeiro minuto ela ficou pasma e assustada e inclinada a voltar para aquela outra cidade, que, embora não fosse gentil, não lhe era estranha. Esta Nova York parecia de alguma forma mais apavorante, mais desdenhosa, de alguma forma inexplicável ainda mais terrível e indiferente do que Chicago. Quase ameaçadora. Feia. Sim, talvez fosse melhor ela voltar.

A sensação passou, pela surpresa com o que a Sra. Hayes-Rore estava dizendo. Sua voz empolada ressoou acima do rugido da cidade. "Acho que deveria ter telefonado para Anne da estação. Sobre você, quero dizer. Bem, não importa. Ela tem espaço de sobra. Mora sozinha em uma casa grande, uma coisa que negros em Nova York não fazem. Geralmente enchem de inquilinos. Mas Anne é esquisita. Embora agradável. Você vai gostar dela e será bom conhecê-la se for ficar em Nova York. Ela é viúva, esposa do filho da minha cunhada. A guerra, você sabe..."

"Oh", argumentou Helga Crane, com um sentimento de aguda apreensão, "mas ela não vai ficar aborrecida e incomodada por ter me trazido assim? Pensei que estávamos indo para a Associação ou um hotel ou algo parecido. Não deveríamos realmente parar e telefonar?"

A mulher ao seu lado no táxi trepidante sorriu, um sorriso confiante e autossuficiente, mas não deu qualquer atenção à sugestão de Helga Crane. Obviamente, ela era uma pessoa acostumada a fazer as coisas do seu jeito. Simplesmente continuou falando de outros planos. "Acho que talvez eu possa conseguir algum trabalho para você. Com uma nova companhia de seguros de negros. Eles estão atrás de mim para que eu invista um bom dinheiro nisso. Bem, vou dizer para eles que têm de aceitar você junto com o dinheiro", e riu.

"Muito obrigada", disse Helga, "mas eles vão gostar? Quero dizer, serem obrigados a me aceitar por causa do dinheiro."

"Eles não estão sendo obrigados", contradisse a Sra. Hayes-Rore. "Eu pretendia dar-lhes o dinheiro de qualquer jeito, e direi isso ao Sr. Darling... depois que ele te contratar. Têm mais é que ficarem contentes por ter você. Empresas de negros sempre precisam de mais cérebros, assim como de mais dinheiro. Não se preocupe. E não me agradeça de novo. Você ainda não conseguiu o emprego, sabe?"

Houve um breve silêncio, durante o qual Helga se entregou à distração de observar a estranha cidade e as estranhas multidões, se esforçando para tirar de sua mente a visão de um futuro mais fácil que as palavras que sua companheira haviam evocado; já que, como foi observado, era, por enquanto, apenas uma possibilidade.

Saindo do parque para o amplo logradouro da Avenida Lenox, a Sra. Hayes-Rore disse de uma maneira cuidadosamente demasiado casual: "E, por sinal, eu não mencionaria que tenho família branca, se eu fosse você. Gente de cor não entende isso e afinal isso é problema só seu. Quando tiver vivido tanto quanto eu, saberá que o que os outros não sabem não pode te machucar. Só vou dizer a Anne que você é uma amiga minha cuja mãe morreu. Isso vai deixá-la bem e é tudo verdade. Eu nunca conto mentiras. Ela pode preencher as lacunas se quiser, e qualquer outra pessoa curiosa o bastante para te perguntar."

"Obrigada", disse Helga novamente. E tão grande foi sua gratidão que ela estendeu a mão e pegou a mão ligeiramente suja de sua nova amiga em uma de suas próprias mãos meticulosas, e a segurou até que o táxi virou em uma agradável rua arborizada e parou diante de uma das casas distintas no centro do quarteirão. Lá elas desceram.

Anos depois, Helga Crane precisou apenas fechar os olhos para se ver apreensiva no pequeno saguão cor de creme, cujo chão era coberto por um grosso tapete prateado; para ver a Sra. Hayes-Rore bicando a bochecha da criatura alta e esguia lindamente vestida com um vestido verde sob medida; ouvi-la apresentando-a à "minha sobrinha, senhorita Grey" como "senhorita Crane, uma jovem amiga cuja mãe morreu, e acho que talvez um tempo em Nova York seja bom para ela"; sentir sua mão agarrada em rápida simpatia, e ouvir a voz agradável de Anne Grey, com seu leve tom de melancolia, dizendo: "Sinto muito, e estou feliz que tia Jeanette a tenha trazido aqui. Você fez uma boa viagem? "Tenho certeza que deve estar exausta. Vou pedir a Lillie que a acomode imediatamente." E se sentir como uma criminosa.

Oito

Um ano repleto de aventuras variadas havia se passado desde aquele dia de primavera em que Helga Crane partiu da indiferente descortesia de Chicago para Nova York na companhia da Sra. Hayes-Rore. Ela achou Nova York nem tão cruel, nem tão descortês, nem tão indiferente. Lá ela foi feliz e conseguiu trabalho, fez conhecidos e outra amiga. Novamente ela teve aquela estranha experiência transformadora, desta vez não tão fugaz, aquela sensação mágica de ter voltado para casa. O Harlem, o abundante Harlem negro, acolheu-a e acalentou-a em algo que era, ela tinha certeza, paz e contentamento.

O pedido e a recomendação da Sra. Hayes-Rore foram suficientes para ela conseguir trabalho na empresa seguradora na qual aquela enérgica mulher estava interessada. E por meio de Anne foi-lhe possível encontrar e conhecer pessoas com gostos e ideias similares aos seus. Suas conversas sofisticadas e cínicas, suas festas elaboradas, a discreta exatidão das roupas e lares, tudo atendia a seu desejo por inteligência, por diversão. Logo ela foi capaz de refletir com um lampejo de assombramento sobre aquela sensação constante de humilhação e inferioridade que a envolvia em Naxos. Seus amigos de Nova York olhavam com desprezo e escárnio para Naxos e todas as suas obras. Isso deu a Helga uma agradável sensação de vingança. Quaisquer vestígios de constrangimento ou apreensão que a princípio ela pudesse ter sentido desapareceram rapidamente, escapando na agudeza de sua alegria por parecer que finalmente pertencia a algum lugar. Porque ela considerava que havia, como assim colocou, ter "encontrado a si mesma".

Entre Anne Gray e Helga Crane surgiu uma daquelas amizades imediatas e peculiarmente solidárias. Inquieta no início, Helga sentiu-se aliviada por Anne nunca ter voltado ao incômodo assunto da morte da sua mãe, tão intencionalmente mencionado no dia em que se conheceram por intermédio da Sra. Hayes-Rore, a não ser por um trêmulo interregno: "Não vai falar comigo sobre isso, vai? Não suporto a ideia da morte. Ninguém nunca fala comigo sobre isso. Meu marido... você sabe." Isso Helga descobriu ser verdade. Mais tarde, quando conheceu Anne melhor, suspeitou que se tratava de uma espécie de pose com o propósito de não precisar falar com pesar ou saudades de um marido que talvez não tivesse sido lá muito amado.

Depois das primeiras agradáveis semanas, sentindo que sua obrigação para com Anne já era grande demais, Helga começou a procurar um lugar permanente para morar. Isso era, como veio a descobrir, difícil. Descartou a A.C.M por ser muito simples, impessoal e restritiva. Tampouco quartos mobiliados ou a ideia de um apartamento solitário ou compartilhado a atraíam. Então ela se regozijou quando um dia Anne, levantando os olhos de um livro, disse alegremente: "Helga, já que está vindo morar em Nova York, por que não fica aqui comigo? Não tenho o costume de hospedar gente. É tão disruptivo. Por outro lado, é um tanto agradável ter alguém em casa e eu não me importo de ter você. Você não me aborrece ou me incomoda. Se você quiser ficar... Pense a respeito".

Helga não precisou, claro, pensar muito, porque ficar alojada na casa de Anne estava em completo acordo com o que ela designava como seu "senso estético". Helga Crane aprovava a casa de Anne e as mobílias que tão admiravelmente adornavam os grandes quartos cor de creme. Camas com largas cabeceiras, às quais a longa idade emprestava dignidade e importância; altas cômodas com capitéis, mesas que poderiam ser de Duncan Phyfe[7], raras cadeiras de pés palito e outras cujos espaldares em forma de escada escalavam graciosamente os delicados painéis das paredes. Essas coisas históricas se misturavam harmoniosa e confortavelmente com cestas de chá chinesas revestidas de latão, poltronas profundas e sofás luxuosos, mesinhas de cor alegre, um canapé laqueado de verde jade com almofadas reluzentes de cetim preto, lustrosos tapetes orientais, cobre antigo, gravuras japonesas, belos cromos, uma profusão de preciosos bibelôs e intermináveis prateleiras cheias de livros.

Anne Grey era, como Helga expressou, "boa demais para ser verdade." Trinta, talvez, de uma beleza castanha, tinha o rosto de uma Madona dourada, grave e

---

7   *Artífice de móveis nova-iorquino do final do século 18.*

calma e doce, com cabelos e olhos pretos brilhantes. Ela se portava como as rainhas parecem se portar, e provavelmente não o fazem. Suas maneiras eram tão agradavelmente gentis quanto seu nome suave. Ela possuía um gosto impecavelmente meticuloso para roupas, sabendo o que lhe convinha e usando-o com um ar de segurança inconsciente. Traço incomum em uma nova-iorquina nativa, era também uma pessoa distinta, financeiramente independente, bem conectada e muito admirada. E era interessante, com uma estranha mistura de humor e intensa disposição; uma pessoa vívida e notável. Sim, sem dúvida, Anne era quase boa demais para ser verdade. Ela era quase perfeita.

Assim estabelecida, segura, confortável, Helga logo se tornou completamente absorvida pelas distrações da vida em Nova York. Seu trabalho de secretária na seguradora Negra preenchia seu dia. Livros, teatro, festas, consumiam as noites. Gradualmente, com o encanto desse novo e encantador padrão de sua vida, ela perdeu a opressão torturante da solidão e do isolamento que sempre, ao que parecia, fizera parte de sua existência.

Contudo, enquanto o panorama continuamente deslumbrante do Harlem a fascinava, emocionava, a sóbria corrida louca da Nova York branca fracassou inteiramente em estimulá-la. Como milhares de outros habitantes do Harlem, ela frequentava suas lojas, seus teatros, suas galerias de arte e seus restaurantes, e lia seus jornais, sem se considerar uma parte do monstro. E ela estava satisfeita, desapegada. Para ela, esse Harlem era suficiente. Daquele mundo branco, tão distante, tão próximo, ela pedia apenas indiferença. Não, de forma alguma ela ansiava, daquelas pessoas pálidas e poderosas, consciência. Gente sinistra, assim ela os considerava, que roubara seu direito de nascença. A contribuição anterior deles para sua vida, que só havia trazido vergonha e tristeza, ela mantinha escondido do povo negro em um armário trancado que "nunca", dizia a si mesma, "será reaberto".

Algum dia ela pretendia se casar com um daqueles atraentes homens de cor castanha ou bege que dançavam diante dela. Já bem-sucedidos financeiramente, qualquer um deles poderia dar-lhe as coisas que agora desejava, uma casa como a de Anne, carros de marcas caras como os que alinhavam a avenida, roupas e peles de Bendel's e Revillon Frères, empregados e lazer.

Sua testa se franzia de desgosto sempre que, involuntariamente, o que era de certa forma frequente, sua mente se voltava para os especulativos olhos cinzentos e os planos visionários e edificantes do Dr. Anderson. Aquele outro, James Vayle, havia sumido totalmente de sua consciência. Nele ela nunca pensou. Helga Crane estava destinada, agora, a ter um lar e talvez crianças risonhas e atraentes de olhos escuros no Harlem. Sua existência era limitada pelo Central Park, Quinta Avenida, St. Nicholas Park e a rua 145th. De forma alguma uma vida estreita, como a que os Negros vivem, como bem sabia Helga Crane. Tudo estava lá, vício e bondade, tristeza e alegria, ignorância e sabedoria, feiura e beleza, pobreza e riqueza. E parecia a ela que de alguma forma, de bondade, alegria, sabedoria e beleza sempre havia um pouco mais do que de vício, tristeza, ignorância e feiura. Era somente a riqueza que não chegava a ultrapassar a pobreza.

"Mas", disse Helga Crane, "e daí? O dinheiro não é tudo. Não é nem a metade de tudo. E aqui temos muito mais... e por nossa própria conta. Só fora do Harlem, entre aqueles lá, que o dinheiro é só o que importa."

Na factualidade do presente prazeroso e da visão deliciosa de um futuro agradável, ela estava contente e feliz. Não analisava esse contentamento, essa felicidade, mas vagamente, sem expressar em palavras ou mesmo em algo tão real como um pensamento, ela sabia que brotava de uma sensação de liberdade, um desprendimento do sentimento de pequenez que a cercava, primeiro durante sua infância lamentável e pouco infantil entre o povo branco hostil em Chicago, e mais tarde durante sua estada desconfortável entre o povo negro esnobe em Naxos.

NOVE

MAS NÃO DURARIA essa felicidade de Helga Crane.
Pouco a pouco os sinais da primavera apareceram,
mas estranhamente o encanto da estação, tão entusias-
ticamente, tão ricamente saudada pelos alegres habitantes do Harlem, a enchia apenas de inquietação. Em
algum lugar, dentro dela, no íntimo profundo, o descontentamento armava o bote. Começou a perder a
confiança na plenitude de sua vida, o brilho começou a
desbotar da concepção que ela fazia. À medida que os
dias se multiplicavam, sua ânsia por alguma coisa, algo
vagamente familiar, mas que ela não conseguia nomear
ou examinar em definitivo, tornou-se quase insuportável. Passou por momentos de angústia avassaladora.
Sentia-se trancafiada em uma armadilha. "Talvez eu
esteja cansada, precise de um tônico ou algo assim",
refletiu. Então consultou um médico que, após um
longo e solene exame, disse-lhe que não havia nada de
errado, absolutamente nada. "Uma mudança de cenário, talvez por uma semana ou mais, ou alguns dias
longe do trabalho", muito provavelmente a colocaria
nos eixos. Helga tentou isso, tentou ambas as coisas,
mas não adiantou. Perdera o interesse na vida. Nada
lhe parecia bom. Ficou um pouco assustada e depois

chocada ao descobrir que, por alguma razão desconhecida, era de si mesma que estava com medo.

A primavera evoluiu para o verão, languidamente no início, então ostensivamente. Sem que percebesse, Helga Crane começou a se afastar daqueles contatos que tanto a encantaram. Mais e mais ela fazia excursões solitárias para lugares fora do Harlem. Uma sensação de estranheza e isolamento a assomou. À medida que os dias ficavam mais quentes e as ruas mais fervilhantes, uma espécie de repulsa se apoderava dela. Ela recuou de aversão ao ver os rostos sorridentes e o som da risada fácil de todas aquelas pessoas que passeavam, a esmo, ao que parecia, para cima e para baixo na avenida. Não apenas a multidão de pessoas anônimas na rua a aborrecia, como também começou a realmente desgostar de seus amigos.

Até mesmo a gentil Anne a perturbava. Talvez porque Anne fosse obcecada pelo problema da raça e lhe atulhava com sua obsessão. Frequentava todas as reuniões de protesto, assinava todas as revistas de reivindicação e lia todos os pasquins cuspidos pela imprensa negra sensacionalista. Ela falava, chorava e rangia os dentes dramaticamente sobre os erros e vergonhas de sua raça. Às vezes ela levava sua fúria a alturas surpreendentes para alguém de natureza tão plácida e gentil. E, embora ela não admitisse, nem para si mesma, ela se deleitava nessa orgia de protestos.

"Igualdade social", "Oportunidades iguais para todos", eram seus slogans, frequente e enfaticamente repetidos. Anne pregava essas coisas e honestamente pensava acreditar nelas, mas ela considerava uma afronta à raça, e a todas as pessoas multicoloridas que faziam das avenidas Lenox e Sétima os ricos espetáculos que eram, se um negro recebesse, em termos de igualdade, uma pessoa branca.

"Para mim", afirmou Anne Gray, "a mais desgraçada das prostitutas negras que zanzam pela rua 135th vale mais do que qualquer presidente destes Estados Unidos, incluindo Abraham Lincoln." Mas empinava o nariz finamente esculpido para suas igrejas luxuriosas, seus desfiles pitorescos, suas palhaçadas ingênuas nas ruas. Nunca desejou e nem estaria disposta a morar em qualquer bairro fora do cinturão negro, e, se lhe tivessem feito, recusaria com desprezo qualquer convite de gente branca. Ela odiava os brancos com um ódio profundo e ardente, com o tipo de ódio que, se acumulado em grupos suficientemente numerosos, era capaz algum dia, por alguma grande provocação, de explodir em chamas perigosamente malignas.

Mas ela os macaqueava: nas roupas, nas maneiras e nos seus modos graciosos de viver. Enquanto proclamava em voz alta a bondade indelével de todas as coisas negras, ela ainda detestava as canções, as danças e o jeito de falar mole da raça. Diante de tais coisas, ela mostrava apenas um desprezo desdenhoso, algumas vezes disfarçado por um sorriso sardônico. Assim como as pessoas da desprezada raça branca, ela preferia Pavlova a Florence Mills,[8] John McCormack a Taylor

---

8   *Anna Pavlova era bailarina clássica russa; Florence Mills, uma cantora e dançarina de cabaré norte-americana, negra. John McCormack era um tenor irlandês; Taylor Gordon foi um cantor*

Gordon, Walter Hampden a Paul Robeson. Na teoria, no entanto, ela se posicionava pelo progresso imediato de todas as coisas negróides, e declarava revolta contra a desigualdade social.

Helga se entretinha com esse ardor racial em alguém tão pouco afetado pelo preconceito racial como era Anne, e com suas inconsistências. Mas, de repente, essas coisas passararm a lhe dar uma grande irritação e ela quis se ver livre daquela tagarelice constante sobre as incongruências, as injustiças, a estupidez, a maldade dos brancos. Isso agitava memórias, cutucava feridas ocultas, cuja dor pungente fazia crescer dentro dela uma insuspeita opressão e corroía o tecido de sua indiferença. Às vezes, precisava de todo o seu autocontrole para não soltar nada sarcástico como quando Anne citou errado Ibsen sobre "haver alguma coisa muito errada com os encanamentos, mas no fim das contas haver outras partes do edifício".

Foi nesse período de inquietação que Helga voltou a encontrar o Dr. Anderson. Ela tinha ido, a contragosto, a uma reunião, um encontro sobre saúde, realizado em uma grande igreja — como era a maioria das atividades de "ascenção" do Harlem — representando seu empregador, o Sr. Darling. Ao chegar, atrasada, durante um discurso tedioso de um pomposo médico cor de açafrão, ela foi conduzida pelo lanterninha irritado — a quem ela havia acordado de um cochilo no qual ele havia sido agradavelmente libertado dos

---

negro da Renascença do Harlem. Walter Hampden e Paul Robeson eram ambos atores, este negro e aquele branco.

meandros das estatísticas de saúde dos negros — até um assento bem na frente. Um silêncio completo se seguiu enquanto ela se acomodava em uma cadeira. O médico ofendido olhou para o teto, para o chão e acusadoramente para Helga, e finalmente continuou seu longo discurso. Quando finalmente terminou e Helga se atreveu a desviar seus olhos do rosto do orador e olhar em volta, ela viu com um súbito arrepio que Robert Anderson estava entre seus vizinhos mais próximos. Um estremecimento peculiar, não totalmente desagradável, correu por sua espinha. Ela sentiu como que um estranho desvanecer. O sangue correu para suas bochechas. Ela tentou zombar de si mesma por estar tão agitada pelo encontro.

Ele, enquanto isso, ela percebeu, a observava seriamente. E chamando a atenção dela, ele sorriu um pouco e acenou com a cabeça.

Depois que todo mundo na plateia que assim o desejou, despejou suas opiniões — ainda que sem muito propósito — e a reunião finalmente acabou, Anderson se separou do círculo de admiradores amigos e conhecidos que se formava ao redor do palestrante e alcançou Helga no meio do caminho do longo corredor que conduzia ao ar livre.

"Estava me perguntando se você iria me ignorar. Agora vejo que me ignorou", começou, com aquele sorriso zombeteiro de que ela se lembrava tão bem.

Ela riu. "Ah, não achei que ainda se lembraria de mim." Em seguida, acrescentou: "De um modo agradável, quero dizer."

O homem também riu. Mas não conseguiriam conversar ainda. As pessoas os interrompiam. Por fim, porém, estavam à porta e ele sugeriu que dividissem um táxi "para tomar um pouco de ar fresco". Helga assentiu.

O constrangimento caiu sobre eles quando emergiram na rua quente, aparentemente tornada mais quente por uma lua baixa e dourada e pelas centenas de luzes elétricas em brasa. Por um momento, antes de acenar para um táxi, ficaram juntos olhando para a massa lenta de seres humanos suados. Nenhum dos dois falou, mas Helga estava ciente do olhar firme do homem. Os eminentes olhos cinzas estavam fixos nela, estudando-a, avaliando-a. Muitas vezes, desde que deu as costas a Naxos, ela havia ensaiado mentalmente essa cena, esse reencontro. Agora descobriu que o ensaio não ajudou em nada. Era absolutamente diferente de tudo o que ela havia imaginado.

No táxi falavam de coisas impessoais: livros, lugares, o fascínio de Nova York, do Harlem. Mas sob a troca de conversa fiada havia outra conversa da qual Helga Crane estava nitidamente consciente. Tinha consciência, também, de uma emoção estranha e mal definida, um vago anseio crescendo dentro dela. Experimentou uma sensação de consternação e profundo pesar quando, com um solavanco, o táxi parou em frente à casa na rua 139. Foi rápido demais..., ela pensou.

Mas estendeu a mão calmamente, friamente. Cordialmente, pediu que ele ligasse algum dia. "É", disse ela, "um prazer reencontrar um conhecido." Seria, ela se perguntava, apenas um "conhecido"?

Ele respondeu seriamente que também achava um prazer e acrescentou: "Você não mudou nada. Ainda está a procura de alguma coisa, acho."

Ao ouvir o que ele disse, abandonou aquele vago sentimento de anseio, aquele anseio por compaixão e compreensão que a presença dele evocava. Sentiu uma pontada aguda e a volta daquela raiva e do desejo desafiador de machucar que tanto arderam dentro de si naquela manhã em Naxos. Ela procurou por um comentário mordaz, mas, não encontrando nenhum venenoso o suficiente, apenas deu uma risadinha rude e desdenhosa e, voltando o rosto para trás, desejou-lhe um impaciente "boa noite" e subiu rapidamente os degraus.

Depois disso, ficou deitada por longas horas sem se despir, refletindo sobre pensamentos raivosos e auto-acusatórios, relembrando e reconstruindo aquele outro encontro explosivo. Tal memória a encheu de uma espécie de delírio doloroso. Mil agonias indefinidas a perseguiam. Ansiou por voltar a vê-lo para endireitar o que ele pensava dela. Pela noite adentro, ficou planejando discursos para o próximo encontro, de modo que demorou muito para que a sonolência avançasse sobre ela.

E quando ele enfim veio visitá-la, no domingo, três dias depois, ela o largou com Anne e saiu, alegando um compromisso que até então ela não tinha intenção de cumprir. Até o minuto em que ele entrou na casa, ela não tivera intenção alguma de fugir, mas alguma coisa, algum diabinho teimoso, a arrancou da presença dele, ainda que ela quisesse ficar. De novo, de repente, lhe assomou o desejo incontrolável de magoar. Mais tarde, com uma sensação de impotência e inevitabilidade, percebeu que a arma que escolhera fora como um bumerangue, pois ela própria sentira o grande desapontamento com a negação. Melhor teria sido permanecer e atirar sarcasmos educados nele. Ela poderia então pelo menos ter tido a alegria de vê-lo estremecer.

Com esse espírito, ela caminhou até a esquina e dobrou na Sétima Avenida. O calor do sol, embora suave naquela tarde, havia beijado a rua em cores e luzes maravilhosas. Aqui e ali, cumprimentava um conhecido ou parava para conversar com um amigo, Helga via o tempo todo um brilho suave e brilhante nos prédios ao longo de suas laterais ou nas faces reluzentes de bronze, ouro e cobre de seus caminhantes. E uma outra visão também surgiu para assombrar Helga Crane: olhos acinzentados incrustados em um rosto marrom que a fitava, frio, interrogativo, perturbador. E ela não estava feliz.

A reunião, para o qual decidiu, tão subitamente, comparecer, ela achou insuportável além dos limites — bebidas insípidas, conversa enfadonha, homens estúpidos. A conversa sem objetivo foi desde o processo de John Wellinger por discriminação contra um restaurante no centro da cidade e as vantagens de se viver na Europa, especialmente na França, até a importância, se havia, do movimento de Garvey.[9] Logo a

---

9 *Marcus Garvey foi um político e ativista jamaicano, nacionalista negro e pan-africanista. Era defensor da segregação racial (o que o tornava um paradoxal colaborador da Klu Klux Klan) e criticava*

conversa passou para um famoso dançarino negro, que havia acabado de garantir uma papel em uma comédia musical branca; para outros espetáculos; para um novo livro sobre Negros. Daí para os figurinos de um baile de máscaras que se aproximava, para uma nova canção de jazz, para o noivado de Yvette Dawson com um advogado de Boston que a viu uma noite em uma festa e a pediu em casamento no dia seguinte ao meio-dia. Então, o tema voltou à discriminação racial.

Por que, Helga se perguntava, com exasperação irracional, eles não encontravam outra coisa para conversar? Por que o problema racial sempre se mete? Ela se recusou a ir para outra reunião. Seria, ela pensou, simplesmente a mesma coisa.

Ao chegar em casa, ficou mais desapontada do que gostaria de admitir ao encontrar a casa às escuras e de ver que até mesmo Anne havia saído para algum lugar. Gostaria de ter conversado com Anne naquela noite. De saber sua opinião sobre o Dr. Anderson.

Anne foi quem no dia seguinte lhe disse que ele havia desistido de seu trabalho em Naxos; ou melhor, que Naxos havia desistido dele.

Ele era liberal demais, tolerante demais, para a educação tal como era infligida em Naxos. Agora, ele estava permanentemente em Nova York, empregado como responsável pelo bem-estar social atendendo os

---

pessoas com ascendência racial mista, como Nella Larsen. Algumas de suas ideias germinaram movimentos com o rastafarianismo e o Black Power.

interesses de uma grande empresa de manufatura, que dava emprego a centenas de homens negros.

"Ascenção", fungou Helga com desdém, e fugiu antes que começasse a ladainha de Anne sobre as necessidades e os males da raça.

DEZ

Com o verão se esvaindo, a sensibilidade aguda dos nervos em frangalhos de Helga Crane ficou mais lancinante. Houve dias em que a serena visão de rostos cor de bronze e castanha ao seu redor a atormentava como um insulto pessoal. O tom displicente de suas risadas despertava nela o desejo de gritar para eles: "tolos, tolos! Tolos estúpidos!" Esse protesto apaixonado e irracional ganhou intensidade, engolindo tudo o mais como uma névoa densa. A vida se tornou para ela apenas um lugar odioso, onde se vivia em intimidade com pessoas que não teria escolhido, se lhe fosse dado escolher. Era também uma agonia excruciante. Ela perdia a calma continuamente. Anne, graças aos deuses! estava fora, mas seu retorno próximo enchia Helga de consternação.

Chegando ao trabalho em um dia de mormaço, sentindo calor e desânimo, ela encontrou esperando-a uma carta, uma carta do tio Peter. Havia sido originalmente enviada para Naxos, e de lá tinha feito a jornada de volta a Chicago para a Associação Cristã de Moças, e depois para a Sra. Hayes-Rore. Aquela mulher ocupada finalmente encontrara tempo entre as convenções e as palestras para encaminhar a carta de volta a

Nova York. Por quatro meses, ao menos, a carta estivera viajando. Helga não sentiu curiosidade quanto ao conteúdo, apenas aborrecimento pela longa demora, ao rasgar a fina borda do envelope e, por algum tempo, ficou olhando para a peculiar caligrafia estrangeira de seu tio.

715 Sheridan Road
Chicago, III.

Cara Helga:

Já se passou mais de um ano desde sua infeliz visita aqui. Foi uma lástima para todos nós, para você, para a Sra. Nilssen e para mim. Mas é claro que você não saberia. A culpa foi minha. Eu deveria ter escrito a você sobre meu casamento.

Procurei uma carta ou alguma palavra sua; evidentemente, com seu discernimento habitual, você entendeu perfeitamente que devo pôr um fim em minha relação com você. Você sempre foi das perspicazes.

Claro que sinto muito, mas não posso evitar. Minha esposa tem que ser levada em consideração e ela tem opiniões fortes a esse respeito.

Você sabe, é claro, que lhe desejo a melhor sorte do mundo. Mas siga o conselho de um velho e não faça o que sua mãe fez.

Por que você não vai visitar sua tia Katrina? Ela sempre gostou de você. Maria Kirkeplads, nº 2, você a encontrará lá.

Estou anexando o que pretendia deixar para você na minha morte. É melhor e mais conveniente que você o receba agora. Eu gostaria que fosse mais, mas mesmo esta pequena quantia pode ser útil para um dia chuvoso.

Muitos votos de boa sorte.

Veter Nüssen

Ao lado da breve, amigável e, ainda assim, definitiva carta, havia um cheque de cinco mil dólares. O primeiro sentimento de Helga Crane foi de incredulidade, mudando quase imediatamente para um alívio, uma libertação. Era mais do que a mera segurança contra os apuros financeiros do presente, aquilo que o cheque prometia. O dinheiro, ter dinheiro, não era lá muito importante para Helga. Mais tarde, porém, durante uma missão no grande escritório geral da sociedade, sua perplexidade desapareceu. Aqui, a inescrutabilidade de uma dúzia ou mais de rostos marrons, todos esculpidos do mesmo molde indefinido, assim como o dela, parecia pressioná-la. De repente, teve um lampejo de que a opressiva irritação das últimas semanas era um ódio que ardia em silêncio. Então, foi tomada por outro tão real, tão agudo, tão horrivelmente doloroso, que nunca mais quis lembrar. Era como se estivesse trancada, encaixotada, com centenas de sua raça, encerrada com aquele algo do caráter racial que sempre lhe fora inexplicável, alheio. Por que, exigia numa violenta revolta, deveria ser presa ao jugo desse desprezado povo Negro?

De volta à privacidade de seu cubículo, foi tomada pelo ódio a si mesma. "Eles são meu próprio povo, meu próprio povo", ficava repetindo sem parar para si mesma. De nada adiantava. Não conseguia extirpar a sensação. "Não posso continuar assim", disse para si mesma. "Simplesmente não posso."

Ouviram-se passos. O pânico se apoderou dela. Ela tinha que sair. Precisava terrivelmente. Agarrando o chapéu e a bolsa, correu para a porta estreita, dizendo em uma voz forçada c firme, assim que a porta aberta revelou seu patrão: "Sr. Darling, me desculpe, mas eu tenho que sair. Por favor, posso ser dispensada?"

Ao seu cortês "certamente, certamente. E não corra. Está muito calor", Helga Crane teve a elegância de se envergonhar, mas não havia abrandamento em sua determinação. A necessidade de ficar sozinha era urgente. Ela o odiava demais, e a todos os outros.

Lá fora, a chuva começara a cair. Ela caminhava com a cabeça descoberta, amarga de autocensura. Mas também se regozijou. Ela não pertencia, apesar de suas marcas raciais, a essas pessoas escuras segregadas. Era diferente. Sentia isso. Não era apenas uma questão de cor. Era algo mais amplo, mais profundo, era o que fazia com que duas pessoas fossem como de um mesmo povo.

E agora ela estava livre. Ela pegaria o dinheiro e os conselhos do tio Peter e faria uma visita a sua tia em Copenhague. Alegres e fugazes memórias de quando lá esteve, na infância, voaram por sua mente animada.

Ela tinha apenas oito anos, mas gostava do interesse e da admiração que sua cor diferente e seu cabelo escuro e encaracolado, estranho àquelas pessoas rosadas, brancas e douradas, evocava. Agora ela se lembrava claramente de que sua tia Katrina havia implorado para que ela permanecesse por lá. Por que, ela se perguntou, sua mãe não havia consentido? Para Helga parecia que essa teria sido a solução para todos os problemas deles, da mãe, do padrasto, dela mesma.

Em casa, na penumbra fria da grande sala de estar com cortinas de chintz, vestida apenas com uma coisa esvoaçante de *chiffon* verde, ela se entregava aos devaneios de um futuro feliz em Copenhague, onde não haveria negros, nem problemas, nem preconceito, até que se lembrou, com perturbação, de que aquele era o dia do retorno de Anne das férias à beira-mar. Pior. Havia um jantar em homenagem a Anne naquela mesma noite. Helga suspirou. Ela teria que ir. Ela não poderia se esquivar de um jantar festivo para Anne, embora ela sentisse que tal evento em uma noite tão quente era um pouco menos que um ultraje. Nada além de um senso de obrigação para com Anne a impedia de alegar uma dor de cabeça lancinante como desculpa para permanecer quieta em casa.

Sua mente derivou para a importante questão das roupas. O que ela deveria vestir? Branco? Não, todo mundo estaria de branco, porque estava quente. Verde? Balançou a cabeça. Anne certamente usaria. O azul. Relutantemente, ela decidiu contra isso; ela adorava, mas ela já o usara tantas vezes... Havia aquela renda preta com toque laranja, que ela comprara na primavera passada num ataque de extravagância e nunca usara, porque, ao chegarem em casa, ela e Anne a consideraram muito *décolleté* e *outré*. As palavras de Anne: "Pouco pano, e o que tem dá um aspecto de que está prestes a voar", voltaram à mente dela, e sorriu ao decidir que certamente usaria a renda preta. Para ela, seria como um símbolo. Ela estava prestes a voar.

Ela se ocupou com algumas rosas absurdamente caras que havia encomendado, gastando um tempo interminável em seu arranjo. Por fim, ficou satisfeita com a arrumação delas em alguns vasos chineses azuis de considerável idade. Anne tinha mesmo tantas coisas adoráveis, pensou enquanto começava a se preparar conscienciosamente para o retorno dela, embora houvesse realmente pouco a fazer; Lillie parecia ter feito tudo. Mas Helga tirou o pó de cima dos livros, colocou as revistas com um desleixo ordenado, recobriu a cama de Anne com lençóis finos de linho com perfume fresco e colocou seu melhor pijama amarelo-claro de crepe de chine. Por fim, ela dispôs dois copos altos verdes e fez uma grande jarra de limonada, deixando apenas o *ginger ale* e o clarete para serem adicionados na chegada de Anne. Estava com a consciência um pouco abalada, por isso queria ser particularmente boa com Anne, que tinha sido tão gentil com ela quando ela veio para Nova York, uma criatura abandonada e sem amigos. Sim, ela estava grata a Anne; mas, mesmo assim, estava decidida a ir embora. De uma vez.

Terminados os preparativos, ela voltou para a cadeira esculpida onde estava antes que a lembrança da volta de Anne a abalasse. Bem típico dela, se contorcia com a ideia de contar a Anne sobre sua partida iminente e fugiu do problema de pensar em uma desculpa plausível e inofensiva para sua pressa. "Isso", decidiu relaxadamente, "vai ter que se resolver por si mesmo; não vou me incomodar agora. Está quente demais."

Começou a fazer planos e a ter sonhos deliciosos de mudança, de vida em algum outro lugar. Algum lugar onde ela finalmente ficaria permanentemente satisfeita. Seus pensamentos de antegozo valsaram e rodopiavam ao som da doce música silenciosa da mudança. Quase com êxtase, ela se deixou cair na deleitosa sensação de se visualizar em lugares diferentes e estranhos, entre pessoas que a aprovavam e a admiravam, onde seria apreciada e compreendida.

ONZE

Era noite. O jantar acabou, mas ninguém queria ir para casa. Onze e meia, aparentemente, era cedo demais para cair na cama em uma noite de sábado. Era uma noite enfadonha e úmida, uma noite espessa e brumosa, que as luzes elétricas brilhavam como uma algaravia prateada — uma noite atroz para ir ao cabaré, Helga insistia, mas os outros queriam ir, então os acompanhou, embora meio a contragosto. Depois de muita deliberação e tagarelice, decidiram por um lugar e subiram em dois táxis que esperavam pacientemente, veículos que sacolejavam, balançavam e rangiam, e ameaçavam a cada minuto colidir com outros do mesmo tipo ou com pedestres desatentos. Logo pararam diante de uma porta de mau gosto em uma rua estreita e desceram. A noite estava longe de estar tranquila; as ruas nem de longe estavam vazias. Apitos do bonde, gatos brigando, fonógrafos vibrando, risadas estridentes, buzinas de motor que reclamavam, cantos baixos, misturados na confusão familiar que é o Harlem. Figuras negras, figuras brancas, pequenos vultos, grandes vultos, pequenos grupos, grandes grupos, passeavam ou passavam apressados. Era alegre, grotesco e um pouco estranho. Helga Crane sentia-se particularmente à parte de tudo aquilo. Ao entrarem, desceram por uma passagem furtiva e estreita, em uma vasta sala subterrânea. Helga sorriu, pensando que era um daqueles lugares que os carolas chamavam de inferninho.

Um clarão de luz feriu seus olhos, uma explosão de jazz rachou seus ouvidos. Por um momento, tudo parecia estar girando; até ela sentia que estava circulando sem rumo, enquanto seguia com os outros o gigante negro que os conduzia até uma mesinha, onde, uma vez sentados, seus joelhos e cotovelos se tocavam. Helga se deu conta de que o garçom, indefinidamente esculpido em ébano, não sorriu ao anotar os pedidos: "Quatro garrafas de White Rock, quatro garrafas de *ginger ale*." Bah! Anne deu uma risadinha, os outros riram e trocaram olhares notoriamente conhecidos, e por debaixo das mesas garrafas de vidro foram extraídas das echarpes de noite das mulheres e pequenos frascos de prata retirados dos bolsos dos homens. Após um breve momento, ela acabou se acostumando com o cigarro e a penumbra.[10]

Eles dançaram, vagando preguiçosamente ao som de uma melodia suave, ou girando violentamente seus corpos, como folhas rodopiando, em um repentino ritmo que fluía, ou sacudindo-se em êxtase ao som de bongôs invisíveis. Até então, Helga estava alheia ao cheiro forte dos corpos, fumaça e álcool, alheia à alie-

---

10   *A história se passa durante os anos da Lei Seca (1920 e 1933), quando o álcool era proibido. White Rock é uma marca de água mineral e ginger ale é um refrigerante de gengibre.*

nação dos outros pares girando, alheia à cor, ao barulho e à grande infantilidade distorcida daquilo tudo. Ela foi embevecida, erguida, sustentada, pela música extraordinária, atingida, arrebatada, esgotada, pela orquestra alegre, selvagem e embotada. A essência da vida parecia ser o movimento corporal. E quando, de repente, a música morreu, ela se arrastou de volta ao presente com um esforço consciente; e uma vergonhosa certeza de que não apenas estivera na selva, como também de que gostara de lá estar, começou a assombrá-la. Ela fortaleceu sua determinação de fugir. Ela não era, disse a si mesma, uma criatura da selva. Cobriu-se de desgosto ao observar os artistas se atirarem aos golpes de chacoalhadas sincopadas, e quando chegou a hora de os clientes dançarem novamente, ela declinou. O parceiro rejeitado dela pediu licença e procurou uma conhecida a poucas mesas de distância. Helga ficou olhando para ela com curiosidade enquanto o zumbido da conversa cessava, estrangulado pelos acordes selvagens da música, e a multidão se transformava em uma massa rodopiante. Pela centésima vez, ela se maravilhou com as gradações dessa raça oprimida. Uma dúzia de tons deslizava por ali. Havia preto retinto, preto brilhante, sépia, mogno, bronze, cobre, ouro, laranja, amarelo, pêssego, marfim, branco-rosado, branco-pastel. Havia cabelos amarelos, cabelos castanhos, cabelos pretos; cabelos lisos, cabelos alisados, cabelos cacheados, cabelos crespos, cabelos lanosos. Ela viu olhos pretos em rostos brancos, olhos castanhos em rostos amarelos, olhos cinzas em rostos castanhos, olhos azuis em rostos de bronze. África, Europa, talvez com uma pitada de Ásia, em uma fantástica mescla de feiura e beleza semibárbara, sofisticada, exótica, estavam aqui. Mas ela estava cega para este encanto, propositalmente indiferente e um pouco desdenhosa, e logo seu interesse pelo mosaico em movimento diminuiu.

Ela havia descoberto o Dr. Anderson sentado em uma mesa no lado oposto do salão, com uma garota em um vestido esvoaçante cor de damasco. Sério, ele retribuiu seu cumprimento, uma leve reverência. Ela encarou os olhos dele, sorrindo solenemente, então corou, furiosamente, e desviou os dela. Mas eles se voltaram imediatamente para a garota ao lado dele, sentada indiferentemente bebendo um líquido incolor de um copo alto, ou soltando baforadas de um cigarro precariamente pendente. Por cima das dezenas de mesas, cobertas de rolhas, cinzas, sanduíches murchos, através de fendas na multidão balançante, Helga Crane a estudava.

Ela era pálida, com uma palidez peculiar, quase mortal. A boca vermelha brilhante e suavemente curvada era de alguma forma triste. Seus olhos negros como breu, um pouco oblíquos, velados por cílios longos e caídos e encimados por sobrancelhas largas, que pareciam borrões negros. O cabelo escuro curto estava penteado rigorosamente para trás da testa larga. O decote extremo de seu vestido simples de damasco revelava uma pele de cor inusitada, matiz delicado e cremoso, com tons dourados. "Quase como um alabastro", pensou Helga.

Bang! Novamente a música morreu. A massa em movimento se partiu, se separou. Os outros voltaram.

Anne tinha raiva nos olhos. A voz dela tremia e ela puxou Helga de lado para sussurrar: "Lá está o seu Dr. Anderson, com Audrey Denney."

"Sim, eu o vi. Ela é linda. Quem é ela?"

"Ela é Audrey Denney, como eu disse, e mora no centro. Rua Vinte e Dois Oeste. Não precisa mais do Harlem. É incrível que ela não tenha um homem branco por perto. Criatura repugnante! Eu me pergunto como ela enrolou o Anderson? Mas essa é Audrey! Se houver algum homem desejável por perto, saiba que ela vai pegá-lo. Ela deveria ser condenada ao ostracismo."

"Por quê?" perguntou Helga com curiosidade, notando ao mesmo tempo que três dos homens de seu próprio grupo haviam desertado e agora estavam reunidos junto à ofensiva Srta. Denney.

"Porque ela anda com pessoas brancas," veio a resposta indignada de Anne, "e eles sabem que ela é negra."

"Acho que não estou percebendo, Anne. Estaria tudo bem se eles não soubessem que ela era negra?"

"Agora, não seja desagradável, Helga. Você sabe muito bem o que eu quero dizer." A voz de Anne estava tremendo. Helga não conseguia entender e estava bastante interessada, mas decidiu deixar para lá. Não queria discutir com Anne, não agora, quando ela tinha aquele sentimento de culpa por partir e deixá-la . Mas Anne só pensava no seu assunto favorito: raça. E parecia, também, que Audrey Denney era para ela particularmente desagradável.

"Ora, ela dá festas para brancos e negros juntos. E ela vai para festas de brancos. É pior do que nojento, é absolutamente obsceno."

"Oh, vamos, Anne, você não foi a nenhuma das festas, eu sei, então como você pode ser tão categórica sobre o assunto?"

"Não, mas já ouvi sobre elas. Eu sei de pessoas que já foram."

"Amigos seus, Anne?"

Anne admitiu que sim, alguns deles.

"Bem, então, as festas não podem ser tão ruins. Quero dizer, se seus amigos às vezes vão, não vão? O que há de tão terrível?"

"Ora, eles bebem, para começo de conversa. Em grandes quantidades, dizem."

"Também nós bebemos, nas festas aqui no Harlem", Helga respondeu. Um impulso idiota apoderou-se dela de ir embora daquele lugar, distante da presença de Anne, para sempre. Mas é claro que ela não podia. Seria tolice, e muito feio.

"E os homens brancos dançam com as mulheres negras. Você sabe, Helga Crane, isso só pode significar uma coisa." A voz de Anne tremia de ódio gelado. Ao terminar, ela fez um pequeno estalo com a língua, indicando uma aversão tão grande que não teria palavras para descrever.

"Os homens negros então dançam com as mulheres brancas, ou ficam sentados, indelicadamente, enquanto os outros homens dançam com suas mulheres?" inquiriu Helga muito delicadamente, e com uma lentidão que se aproximava quase da insolência. As insinuações de Anne eram revoltantes demais. Ela teve uma sensação ligeiramente nauseante e um lampejo de raiva se apoderou dela. Ela dominou e ignorou a resposta inadequada de Anne.

"É ao princípio que eu me oponho. Você não pode contornar o fato de que o comportamento dela é ultrajante, traiçoeiro, de fato. Esse é o problema com a raça negra. Eles não ficam juntos. Ela certamente deveria ser condenada ao ostracismo. Eu não tenho nada além de desprezo por ela, como qualquer outro negro que se preze."

As outras mulheres e o único homem que ficou com elas — o acompanhante de Helga — todos aparentemente concordavam com Anne. De qualquer forma, eles não protestaram. Helga desistiu. Ela sentiu que seria inútil dizer a eles que o que sentia pela garota bonita, calma e tranquila que tinha a segurança, a coragem, de tão placidamente ignorar as barreiras raciais e de dar atenção às pessoas, não era desprezo, mas admiração invejosa. Então ela permaneceu em silêncio, observando a garota.

Ao primeiro som da música seguinte, o Dr. Anderson se levantou. Languidamente, a garota seguiu seu movimento, um leve sorriso separando seus lábios tristes por algum comentário que ele fez. Seu corpo longo e esguio gingou com um movimento vibrante animado. Ela dançou com elegância e entrega, solenemente, mas com óbvio prazer, suas pernas, seus quadris, suas costas, tudo gingando suavemente, balançada por aquela música selvagem do coração da selva. Helga voltou seu olhar para o Dr. Anderson. Sua curiosidade desinteressada passou. Ainda que sentisse pela garota uma admiração invejosa, esse sentimento agora era aumentado por outro, uma emoção mais primitiva. Ela se esqueceu da sala lotada e espalhafatosa. Ela esqueceu seus amigos. Ela via somente dois vultos, agarrando-se apertado. Sentiu seu coração palpitar. Sentiu que a sala recuava. Sai porta afora. Galgou as escadas intermináveis. Por fim, ofegante, confusa, mas grata por ter escapado, se viu novamente sozinha na noite escura, uma coisa de nada amassada em um frágil vestido preto e dourado esvoaçante. Um táxi se aproximou dela e parou. Ela entrou, sentindo frio, infeliz, incompreendida e desamparada.

DOZE

Helga Crane não sentia arrependimento na medida que as torres, como falésias, desvaneciam na distância. A visão a emocionava, como qualquer coisa bela e imponente a emocionaria, mas isso era tudo.

O navio singrou das águas espumantes cor de ardósia do rio para o mar aberto. As pequenas marolas saltitantes na superfície da água transformaram-se em pequenas ondas. Já era noite. No céu a oeste havia uma luz rosa e lilás, que se dissolveu gradualmente em uma obscuridade azul-acinzentada. Encostada no gradil, Helga olhava fixamente para a noite que se aproximava, feliz por estar por fim sozinha, livre daquela profusão de seres humanos, amarelos, marrons e negros, que, enquanto o verão ardeu até se consumir, a tinha tanto oprimido. Não, ela não pertencia àquele lugar. De sua tentativa de emergir daquela solidão inerente, que fazia parte de seu próprio ser, veio apenas o embotamento, o embotamento e uma grande aversão.

Quase que imediatamente chegou a hora do jantar. Um sino soou de algum lugar. Ela se virou e com passos flutuantes desceu. Já começava a se sentir mais feliz. Apenas por um momento, do lado de fora do salão de jantar, ela hesitou, tomada por uma pequena inquietação que passou tão depressa quanto chegou. Ela entrou calmamente, discretamente. E, afinal, ela tivera seu pequeno medo por nada. O comissário, um homem que envelheceu a serviço da Scandinavian-American Line, lembrava-se dela como a garotinha escura que cruzara com a mãe anos antes, por isso ela devia sentar-se à mesa dele. Helga gostou daquilo. Isso a deixava à vontade e a fazia se sentir importante.

Todos foram gentis nos dias deliciosos que se seguiram, e a timidez inicial sob os olhares educadamente curiosos dos olhos turquesa de seus companheiros de viagem logo a deixou. O dinamarquês esquecido de sua infância começou a voltar, desajeitadamente a princípio, a seus lábios, sob o agradável auxílio de todos. Evidentemente, estavam interessados, curiosos e talvez um pouco entretidos com aquela garota negra a caminho da Dinamarca sozinha.

Helga era uma boa marinheira e, na maior parte, o tempo estava agradável com a calma serena do verão que se esticava em setembro, sob cujo céu o mar estava suave, como um pedaço de seda molhada, imperturbável diante de qualquer vento. Mas mesmo os dois dias turbulentos a encontraram no convés, regozijando-se como um pássaro liberto em seu reencontro com a sensação de felicidade e liberdade, aquela bendita sensação de pertencer apenas a si mesma e não a uma raça. Novamente, ela havia deixado o passado para trás com uma facilidade que surpreendeu até a ela mesmo. Somente a figura do Dr. Anderson se impunha com uma nitidez impressionante para irritá-la porque ela não conseguia entender o significado daquela sensação aguda de exasperação cobiçosa que havia surgido de forma tão inesperada dentro dela na noite da festa do cabaré. Essa questão Helga Crane reconheceu como não exatamente nova; era apenas um reencenamento da perplexidade experimentada quando ela fugira tão abruptamente de Naxos, no ano anterior. Com a lembrança daquela fuga anterior e um certo questionamento que veio em seguida, uma sombria ideia perturbadora a atingiu. Não estava, não podia estar, apaixonada pelo homem. Foi um pensamento humilhante demais e rapidamente descartado. Bobagem! Pura bobagem! Quando alguém está apaixonado, se esforça para agradar. Nunca, ela decidiu, havia feito qualquer esforço para agradar ao Dr. Anderson. Pelo contrário, ela sempre procurara, deliberadamente, irritá-lo. Ela era, disse a si mesma, uma idiota sentimental.

No entanto, o pensamento de amor permaneceu com ela, não proeminente, definitivo, mas sombrio, incoerente. E em um canto remoto de sua consciência espreitava a memória do sorriso sério do Dr. Anderson e sua voz gravemente musical.

Na última manhã, Helga se levantou de madrugada, uma madrugada à beira da velha Copenhague. Deitou-se languidamente em sua espreguiçadeira, observando o sol fraco se arrastando sobre os grandes funis verdes do navio com uma luz débil; observando o céu de um cinza arroxeado mudar para cor de opala, para ouro, para azul-pálido. Alguns outros passageiros, que também acordaram cedo, animados com a perspectiva de renovar velhas amizades, de boas-vindas ao lar depois de longos anos, andavam nervosamente de um lado para outro. Agora, no último momento, estavam impacientes, mas um medo apreensivo, também, tinha lugar nas emoções aceleradas deles. Impaciente Helga Crane não estava. Mas estava apreensiva. Gradualmente, à medida que o navio entrava nas águas mais preguiçosas do cais, ela caiu vítima de medos e memórias sinistras. Uma profunda pontada de apreensão a fez enjoar ao pensar no marido da tia, apreensão adquirida desde a visita da infância de Helga. Dolorosamente, vividamente, ela se lembrou da raiva assustada da nova esposa do tio Peter, e olhando para trás em sua partida precipitada dos Estados Unidos, ela ficou surpresa com sua própria estupidez. Nem mesmo havia considerado a possibilidade remota de que o marido de sua tia fosse como a Sra. Nilssen. Pela primeira vez em nove dias, ela desejou estar de volta a Nova York, nos Estados Unidos.

O pequeno golfo entre o navio e o cais estreitou. Os motores haviam parado de zumbir há muito tempo, e agora o zum-zum das conversas também diminuiu. Houve uma espécie de silêncio. Logo a multidão de boas-vindas no cais estava sob a sombra do grande monstro marinho, seus rostos voltados para os ansiosos passageiros que se penduravam no parapeito. Chapéus foram tirados, lenços foram sacudidos e agitados freneticamente. Murmúrio. Gritos ensurdecedores. Um pequeno choro silencioso. Marinheiros e trabalhadores gritavam e apressavam-se. Cabos foram lançados. A prancha de desembarque foi estendida.

Em silêncio, imóvel, Helga Crane ficou olhando atentamente para a multidão que gesticulava lá embaixo.

Havia alguém acenando para ela? Ela não sabia dizer. Nem mesmo se lembrava de sua tia, a não ser como uma nebulosa senhora bonita. Ela sorriu um pouco ao pensar que sua tia, ou qualquer pessoa esperando na multidão abaixo, não teria dificuldade em identificá--la. Mas... ela teria sido reconhecida? Quando desceu a prancha, ainda estava insegura e tentava decidir uma linha de ação para a ocasião, que ela não tinha. Um telegrama antes de passar pela alfândega? Telefone? Um táxi?

Mas, novamente, todos os seus medos e questionamentos foram em vão. Uma mulher astuta, vestida de verde-oliva, veio imediatamente em sua direção. E, mesmo na fervorosa alegria do seu alívio, Helga avaliou a echarpe roxa casualmente se arrastando e o distinto chapéu preto que completavam a perfeição do traje da tia, e teve tempo de se sentir um pouco mal vestida. Pois era sua tia; Helga viu isso imediatamente. A semelhança com sua mãe era inconfundível. Havia o mesmo nariz comprido, os mesmos olhos azuis radiantes, o mesmo cabelo castanho claro e solto, tão parecido com cerveja espumante. E o homem alto de bigode espesso que seguia carregando chapéu e bengala deve ser Herr Dahl, marido de tia Katrina. E como ele foi gentil em suas boas-vindas, e como estava ansioso para expor seu inglês imperfeito, agora que sua tia havia acabado de beijá-la e exclamou em dinamarquês: "Pequena Helga" Pequena Helga! Meu Deus! Mas como você cresceu!"

Risadas vieram dos três.

"Bem-vinda à Dinamarca, a Copenhague, à nossa casa", disse o novo tio em um inglês esquisito, orgulhoso e oratório. E ao sorriso agradecido de Helga, "Obrigada", ele devolveu: "Seus baús? Seus pertences?" também em inglês, e depois para o dinamarquês.

"Onde diabo estão os Fischers? Precisamos apressar a alfândega."

Quase imediatamente, eles se juntaram a um casal sem fôlego, um jovem de cabelos grisalhos e uma bela mulher pequena com uma boneca. Descobriu-se que eles viveram na Inglaterra por alguns anos e assim falavam inglês, inglês de verdade, e bem. Estavam ambos sem fôlego, todos desculpas e explicações.

"Tão cedo!" gaguejou o homem, Herr Fischer. "Perguntamos ontem à noite e eles disseram nove. Foi apenas por acidente que ligamos novamente esta manhã para ter certeza. Bem, vocês podem imaginar a pressa que ficamos quando eles disseram oito! E claro que tivemos problemas para encontrar um táxi. Isso sempre acontece quando se está atrasado." Tudo isso em dinamarquês. Depois para Helga em inglês: "Veja, fui especialmente convidada para vir porque Fru Dahl não sabia se você se lembraria do seu dinamarquês e o inglês do seu tio é... bem..."

Mais risadas.

Por fim, com a alfândega despachada e um táxi reservado, eles partiram, com muita tagarelice, pelas ruas que pareciam de brinquedo, ziguezagueando perigosamente entre os enxames de bicicletas.

Havia começado uma vida nova para Helga Crane.

TREZE

Ela gostou dessa nova vida. Por um tempo, isso apagou tudo mais de sua mente. Sentiu-se à vontade como um pato n'água. E aproveitou a admiração e a atenção com ainda mais entusiasmo.

Foi agradável acordar naquela primeira tarde, depois da soneca que insistiram que ela tirasse, com aquela sensação de satisfação e de bem-estar que somente os epicuristas pobres que acordam nas casas dos ricos podem desfrutar. Mas havia algo mais do que mero contentamento e bem-estar. Para Helga Crane, foi a realização de um sonho que sonhara persistentemente, desde que tinha idade suficiente para se lembrar de coisas vagas como devaneios e anseios. Ela sempre quis, não dinheiro, mas as coisas que o dinheiro podia dar: lazer, atenção, beleza ao redor. Coisa. Coisas. Coisas.

Portanto, foi mais do que agradável, foi importante, esse despertar naquele grande quarto luxuoso com uma cama luxuosa na qual ela estava deitada, pequena mas reverenciada. Era importante porque para Helga Crane aquele foi o dia, assim decidiu, em que todo o passado triste e desamparado ficara para trás e do qual todo o futuro dependeria. Ali, então, era o lugar dela.

Este era o seu ambiente adequado. Ela se sentiu finalmente consolada pelas feridas espirituais do passado.

Uma batida discreta na porta almofadada alta soou. Em resposta ao "entre" de Helga, uma respeitosa empregada de rosto rosado entrou e Helga ficou deitada por um longo minuto observando-a ajustar as persianas. Ela estava ciente, também, dos olhares disfarçados e curiosos da garota para ela, embora sua atitude geral fosse bastante correta, disposta e desinteressada. Em Nova York, Estados Unidos, Helga teria ficado ressentida com essa observação disfarçada. Agora, ali, ela estava apenas se divertindo. Marie, refletiu, provavelmente nunca tinha visto um negro fora das ilustrações de seu livro de geografia.

Outra batida. Tia Katrina entrou, sorrindo ao ver Helga saltando da cama. Estavam indo para um chá, informou a Helga. O que, perguntou a garota, se vestia para tomar chá em Copenhague, enquanto olhava para o vestido roxo-escuro de sua tia e trazia um vestido de crepe azul extremamente simples. Mas não! Parecia que aquilo não serviria, de modo algum.

"Muito sóbrio", pronunciou Fru Dahl. "Você não tem algo jovial, algo mais vivo?" E, notando o olhar intrigado de Helga para seu traje discreto, ela explicou rindo: "Oh, eu sou uma velha senhora casada, e uma dinamarquesa. Mas você... você é jovem! E é estrangeira, e diferente. Você deve ter coisas mais cheias de vida para realçar a cor de sua adorável pele morena. Coisas impressionantes, coisas exóticas. Você deve causar uma impressão."

"Só tenho isso", disse Helga Crane, exibindo timidamente seu guarda-roupa no sofá e nas cadeiras." Claro que pretendo comprar aqui. Eu não queria trazer demais o que poderia ser inútil."

"E tinha razão. Mm. Vamos ver. Aquele preto ali, aquele com enfeites de cereja e enfeite roxo. Use aquele."

Helga ficou chocada. "Mas para o chá, tia! Não é muito alegre? Muito ... muito ... *outré*?"

"Oh, querida, não. De jeito nenhum, não para você. Na medida." Depois de uma pequena pausa, ela acrescentou: "E esta noite vamos receber gente para jantar, bastante. Talvez seja melhor decidirmos sobre nossos vestidos agora." Pois ela era, apesar de toda sua gentileza, uma mulher que não deixava nada ao acaso. Em sua mente, ela havia determinado o papel que Helga deveria desempenhar na promoção do capital social dos Dahls de Copenhague, e pretendia começar imediatamente.

Por fim, depois de muitas tentativas e escrutínio, foi decidido que Marie deveria cortar um vestido de veludo verde-esmeralda um pouco mais cavado nas costas e adicionar algumas flores douradas e lilases, "para animar um pouco", como Fru Dahl colocou.

"Agora aquele", disse, apontando para o roupão vermelho-chinês com que Helga se enrolou quando finalmente terminou a prova, "fica bem em você. Amanhã faremos compras. Talvez consigamos algo daquela cor. Aquela coisa preta e laranja também é boa, mas muito coberto. Que donzela americana você é, Helga, para esconder costas e ombros tão bonitos. Seus pés são bonitos também, mas você deveria ter salto mais alto — e fivelas."

Quando foi deixada sozinha, Helga começou a se perguntar. Ela também estava em dúvida e nem um pouco ressentida. Certamente ela amava cores fortes com uma paixão que talvez só os negros e os ciganos conheçam. Mas ela tinha uma fé profunda na perfeição de seu próprio bom gosto, e não tinha vontade nenhuma em se pavonear com coisas chamativas. Ainda que, ela teve que admitir, Fru Dahl estava certa sobre o roupão. Combinava com ela. Talvez um vestido de noite. E ela sabia que tinha ombros lindos e que seus pés eram bonitos.

Quando ela estava vestida com o tafetá preto brilhante com seus penduricalhos bizarros de roxo e cereja, Fru Dahl a aprovou e o mesmo fez Herr Dahl. Tudo nela levava ele a exclamar "Ela é linda, linda!" Helga Crane sabia que ela não era tanto, mas ficou satisfeita que ele pudesse pensar assim, e também o dissesse. Tia Katrina sorriu com seu jeito sereno e seguro, tomando para si o elogio do marido à sobrinha. Mas uma leve contrariedade surgiu sobre o bigode espesso, quando ele disse em sua voz precisa e levemente feminina: "Ela deveria estar usando brincos, compridos. É tarde demais para o Garborg? Vamos ligar para ele."

E eles ligaram. E Garborg, o joalheiro, na Fredericksgaarde, esperava por eles. Não foram comprados apenas brincos, os compridos com esmalte brilhante, mas também fivelas de sapato reluzentes e duas formidáveis pulseiras. Com as mangas compridas de Helga, ela escapou por enquanto das pulseiras, que foram embrulhados para serem usadas naquela noite. Os brincos, no entanto, e as fivelas começaram a ser usados imediatamente e Helga se sentiu uma verdadeira selvagem enquanto caminhavam pela calçada da loja até o automóvel que os esperava. Essa sensação foi intensificada pelos muitos pedestres que paravam para olhar a estranha criatura escura, estranha à sua cidade. Suas bochechas ficaram vermelhas, mas tanto Herr quanto Fru Dahl pareciam alheios aos olhares ou aos murmúrios audíveis em que Helga entendia a palavra recorrente "sorte", que ela reconheceu como a palavra dinamarquesa para "preto".

Sua tia Katrina apenas comentou: "Uma cor mais forte fica bem em você, Helga. Talvez esta noite um pouco de rouge ..." Ao que o marido concordou com a cabeça e acariciou o bigode pensativamente. Helga Crane não disse nada.

Ficaram satisfeitos com o sucesso que ela teve no chá, ou melhor, no café — porque nenhum chá foi servido — e, mais tarde, no jantar. A própria Helga se sentia mais como uma espécie de cachorrinho sendo orgulhosamente exibido. Todos foram muito educados e muito simpáticos, mas ela sentiu a curiosidade e o interesse acumulados, tão discretamente escondidos sob os cumprimentos educados. A própria atmosfera estava tensa com isso. "Como se eu tivesse chifres, ou três pernas", pensou ela. Ela estava muito nervosa e um pouco apavorada, mas conseguiu apresentar uma compostura sorridente. Isso foi mais fácil pelo fato de que se presumia que ela não soubesse nada ou muito pouco do idioma. Então ela só tinha que cumprimentar e parecer agradável. Herr e Fru Dahl participavam da conversa, respondiam às perguntas. Ela saiu do café com a sensação de que se saíra bem na batalha. E, apesar do esgotamento mental, ela gostava de sua proeminência.

Se a tarde tinha sido exaustiva, a noite foi um pouco mais. Mais emocionante também. Marie tinha realmente "diminuído" o precioso veludo verde, até que, como disse Helga, ficou "praticamente nada além de uma saia". Ela estava grata pelas pulseiras maravilhosas, pelos brincos pendentes, pelas contas em volta do pescoço. Ela estava até grata pelo ruge em suas bochechas em chamas e pelo pó em suas costas. Nenhuma outra mulher na majestosa sala azul-clara estava tão grandiosamente exibida. Mas ela gostou do murmúrio de maravilhamento e admiração que cresceu quando tio Poul a trouxe. Ela gostou dos elogios nos olhos dos homens quando eles se inclinaram sobre sua mão. Ela gostava da bajulação sutil e subentendida de seus companheiros de jantar. As mulheres também foram gentis, não sentindo necessidade de ciúme. Para elas, essa garota, essa Helga Crane, essa sobrinha misteriosa dos Dahls, não era para ser levada a sério em seus mundos particulares. É verdade que ela era atraente, incomum, de um jeito exótico, quase selvagem, mas não era uma delas. Ela não contava.

Perto do final da noite, enquanto Helga se sentava em eficiente pose em um sofá de cetim vermelho, centro das atenções de um grupo, respondendo a perguntas sobre os Estados Unidos e sua viagem, num dinamarquês hesitante e inadequado, a curiosidade geral sobre ela foi desviada. Seguindo os olhares dos outros, ela viu que havia entrado na sala um homem alto com uma juba esvoaçante de cabelo louro-avermelhado. Vestia uma grande capa preta, que pendia graciosamente de seus ombros enormes, e em sua mão longa e nervosa ele segurava um chapéu largo e macio. Um artista, Helga decidiu imediatamente, observando a gravata larga. Mas tão afetado! Tão teatral!

Junto a Fru Dahl ele se aproximou e foi apresentado. "Herr Olsen, Herr Axel Olsen." Para Helga Crane, isso não significava nada. O homem, entretanto, a interessava. Por um segundo imperceptível, ele se inclinou sobre a mão dela. Depois disso, ele olhou atentamente para ela, pelo que pareceu a ela um período de tempo incrivelmente rude, por debaixo de suas pesadas pálpebras caídas. Por fim, removendo seu olhar de surpresa e satisfação, ele balançou a cabeça leonina em aprovação.

"Sim, você tem razão. Ela é incrível. Maravilhosa", ele murmurou.

Os outros na sala não os encaravam, deliberadamente. A respeito de Helga, pipocou um murmúrio em *staccato* de conversa artificial. Enquanto isso, ela não conseguia pensar em nenhuma palavra adequada para cumprimentar o ultrajante homem à sua frente. Sentia era vontade de rir, e muita. Mas o homem não percebia nem que ela o ignorava nem que ela o desejava. As palavras dele fluíram continuamente, aumentando e aumentando. Ela tentou segui-lo, mas o dinamarquês rápido dele a escapava. Ela captou apenas palavras, frases, aqui e ali. "Olhos magníficos ... cor ... pescoço...

amarela ... cabelo ... vivo ... maravilhoso ..." Seu discurso era dirigido a Fru Dahl. Por mais um tempo, ele se demorou diante da garota silenciosa, cujo sorriso havia se tornado uma máscara fixa e dolorosa, ainda a encarando com um olhar de avaliação, mas não dirigindo nenhuma palavra a ela, e então se afastou com Fru Dahl, falando rápida e animadamente com ela e seu marido, que se juntou a eles por um momento do outro lado da sala. Então ele se foi tão repentinamente quanto havia chegado.

"Quem é ele?" Helga fez a pergunta timidamente a um jovem oficial do exército que pairava no entorno dela, um capitão muito inteligente que acabara de voltar da Suécia. Ele estava claramente surpreso.

"Herr Olsen, Herr Axel Olsen, o pintor. Retratos, você sabe."

"Ah", disse Helga, ainda perplexa.

"Acho que ele vai pintar você. Você tem sorte. Ele tem seus caprichos. Não faz de todo mundo."

"Ah, não. Quer dizer, tenho certeza que você está enganado. Ele não perguntou, não falou nada sobre isso."

O jovem riu. "Ha-ha! Essa é boa! Ele irá arranjar isso com Herr Dahl. Ele evidentemente veio apenas para ver você, e ficou claro que ele estava satisfeito." Ele sorriu com aprovação.

"Oh", disse Helga novamente. Então, por fim, riu. Era muito engraçado. O grande homem não dirigiu uma palavra a ela. Lá estava ela, uma curiosidade, uma façanha, que as pessoas vinham e olhavam. E ela deveria ser tratada como uma jovem senhorita solitária, uma *frøken* dinamarquesa, não deveria ser consultada em assuntos que a afetassem pessoalmente? Ela, Helga Crane, que quase toda a sua vida cuidou de si mesma, deveria agora ser cuidada por tia Katrina e seu marido? Não parecia real.

Já era tarde, muito tarde, quando finalmente ela deitou na cama grandiosa depois de ter recebido os beijos da tia. Permaneceu despertada revisando os eventos do dia tumultuado. Voltara a se sentir feliz. A felicidade a cobria como as lindas colchas sob as quais descansava. Estava pasma também. As palavras de sua tia voltaram-lhe. "Você é jovem e estrangeira e... e diferente." O que isso significava, ela se perguntou. Isso queria dizer que a diferença deveria ser enfatizada, acentuada? Helga não tinha tanta certeza se gostava disso. Até então, todos os seus esforços tinham sido no sentido da semelhança com os que a cercavam.

"Que estranho", pensou ela sonolenta, "e que diferente é dos Estados Unidos!"

QUATORZE

O jovem oficial estava certo na sua conjectura. Axel Olsen iria pintar Helga Crane. Não apenas iria pintá-la, mas iria acompanhá-la, e a tia, na expedição às compras. Tia Katrina estava francamente em êxtase. Tio Poul estava visivelmente satisfeito. Os sentimentos de Helga estavam misturados; estava agradecida e irritada. Tudo fora decidido e arranjado sem ela e, também, sentia um pouco de medo de Olsen. Sua estupenda arrogância a havia deixado pasma.

O dia foi emocionante, difícil de ser esquecido. Definitivamente, também transmitiu a Helga seu exato status em seu novo ambiente. Uma decoração. Um bibelô. Um pavão. Seu percurso pelas lojas foi um acontecimento; um evento tanto para Copenhague quanto para Helga Crane. Sua aparência escura e estranha era para a maioria das pessoas um espanto. Alguns olharam disfarçadamente, alguns abertamente, e alguns pararam na frente dela para se beneficiar melhor da visão. "Den sorte" saía livremente, de forma audível, de muitos lábios.

Chegou o momento em que ela se acostumou com os olhares da população. E chegou a hora em que a população de Copenhague se acostumou com sua presença marcante e parou de olhar. Mas no final daquele primeiro dia foi com gratidão que ela voltou para as paredes protetoras da casa em Maria Kirkplads.

Eles foram seguidos por vários pacotes, cujo conteúdo todo foi selecionado ou sugerido por Olsen e pago pela tia Katrina. Helga só precisava vesti-los. Quando foram abertos e as coisas espalhadas sobre a tranquilidade dos móveis de seu quarto, eles formaram um arranjo bastante surpreendente. Foi quase em um clima de rebelião que Helga enfrentou a fantástica coleção de roupas dispostas de forma incongruente no quarto pitoresco, solene e pálido. Havia vestidos de batique em que se misturavam índigo, laranja, verde, vermelho e preto; vestidos de veludo e chiffon em cores berrantes, vermelho-sangue, amarelo-enxofre, verde-mar; e uma coisa em preto e branco em combinação impressionante. Havia um xale preto de Manila coberto com grandes flores escarlates e cor de limão, um casaco de pele de leopardo e uma brilhante capa de ópera. Havia chapéus semelhantes a turbantes de sedas metálicas, plumas e peles, joias estranhas, esmaltadas ou incrustadas com estranhas pedras semipreciosas, um perfume oriental nauseante, sapatos com saltos perigosamente altos. Aos poucos, a perturbação de Helga foi diminuindo no prazer incomum de ter tantas roupas novas e caras ao mesmo tempo. Ela começou a se sentir um pouco excitada, incitada.

Incitada. Era isso, o princípio geral de sua vida em Copenhague. Ela era incitada a causar impressão, uma impressão voluptuosa. Era incitada a provocar atenção e admiração. Era vestida para isso, sutilmente treinada para isso. E um pouco depois ela se deu inteiramente ao negócio fascinante de ser vista, de deixar os outros de queixo caído, de ser desejada. Contra o sólido suporte da fortuna e da generosidade de Herr Dahl ela se submeteu ao arranjo da tia a sua vida com um propósito, o de ser notada e lisonjeada. Intencionalmente, ela manteve o dinamarquês lento e vacilante. Era, ela decidiu, mais atraente que um mais próximo à perfeição. Ela foi se acostumando às coisas extravagantes que tia Katrina havia escolhido para vesti-la. Ela conseguiu, também, manter aquele ar de distância e alheamento que tinha sido nos Estados Unidos tão desastroso com seus amigos. Aqui em Copenhague era apenas um pouco misterioso e acrescentava outro punhado de charme.

A nova existência de Helga Crane era intensamente prazerosa a ela; alimentava sua já exacerbada noção de auto-importância. E lhe caía bem. Tinha que admitir que os dinamarqueses estavam certos. Cada um no seu próprio meio social. Valorize o que você já tem. Nos Estados Unidos, os Negros às vezes conversam ruidosamente sobre isso, mas no fundo do coração, eles repudiam. Em suas vidas também. Eles não querem ser como eles mesmos. O que eles querem, pedem, imploram, era ser como os seus senhores brancos. Eles têm vergonha de ser Negros, mas não têm vergonha de implorar por ser o que não são, algo inferior. Não são genuínos. Que pena!

Helga Crane, contudo, não pensava muito nos Estados Unidos, exceto em contraste desfavorável com a Dinamarca. Pois havia decidido nunca mais retornar à existência de ignomínia que o "Novo Mundo de oportunidades e promessas" impõe aos negros. Como fora estúpida ao pensar que poderia se casar e talvez ter filhos em uma terra onde toda criança escura era debilitada desde o nascimento pela mortalha da cor! Ela viu, de repente, que dar à luz criancinhas negras indefesas, acomodadas, era como um pecado, um ultraje imperdoável. Mais um corpo negro para sofrer indignidades. Mais um corpo negro para a multidão linchar. Não, Helga Crane não pensava muito nos Estados Unidos. Era muito humilhante, muito perturbador. E ela queria ficar na paz que encontrara. Suas dificuldades mentais e questionamentos ficaram mais simples. Ela agora acreditava sinceramente que havia uma lei de compensação que às vezes funcionava. Por todos aqueles primeiros anos de desolação, ela agora se sentia recompensada. Ela se lembrou de uma frase que a impressionou em seus solitários dias de escola: "A longínqua recompensa das lágrimas".[11]

Para ela, Helga Crane, finalmente chegara e ela pretendia agarrar-se a ela. Então, deu as costas à dolorosa América, encerrando resolutamente as dores, as humilhações, as frustrações que ela havia suportado lá.

Sua mente estava ocupada com outras coisas mais próximas.

---

11 Citação do poema "In Memoriam A. H. H." de Lord Tennyson, "But who shall so forecast the years / And find in loss a gain to match? / Or reach a hand thro' time to catch / The far-off interest of tears?. "Porém quem poderia prever os anos a virem / e encontrar na perda um ganho a equiparar / ou esticar a mão através do tempo para colher / a longínqua recompensa das lágrimas."

O encanto da cidade antiga, com sua estranha mistura arquitetônica de medievalismo e modernidade, e o ar geral de bem-estar que a impregnava a impressionaram. Mesmo nas chamadas áreas pobres, não havia nada daquela desordem e esqualidez que ela lembrava como o cenário da pobreza em Chicago, Nova York e nas cidades do sul dos Estados Unidos. Aqui, as soleiras das portas estavam sempre brancas por causa das constantes esfregações; as mulheres, bem arrumadas; as crianças, limpas e com roupas adequadas. Aqui não havia farrapos e trapos, nem mendigos. E mendigar, ela aprendeu, era uma ofensa punível por lei. Na verdade, era desnecessário em um país onde todos consideravam um dever de alguma forma sustentar a si mesmo e sua família com um trabalho honesto; ou, se o infortúnio e a doença atingisse alguém, todos os outros, inclusive o Estado, sentiam-se obrigados a dar assistência, uma carona no caminho para a recuperação da independência.

Depois que foi abrandada a timidez inicial e a consternação pela impacto que sua presença havia causado, Helga passava horas de carro ou caminhando pela cidade, a princípio na companhia protetora de tio Poul ou tia Katrina ou ambos, ou às vezes de Axel Olsen. Mas depois, porém, quando ela se familiarizou um pouco com a cidade, e os habitantes se acostumaram com ela, e quando ela aprendeu a atravessar as ruas em segurança, esquivando-se com sucesso das inúmeras bicicletas como uma verdadeira copenhaguense, ela muitas vezes ia sozinha, vagando pela longa ponte que atravessa os lagos plácidos, ou assistindo ao desfile dos soldados vestidos de azul e vestidos de forma elegante no desfile diário no Palácio de Amalienborg, ou nas vizinhanças históricas do longo e baixo Exchange, uma estrutura pitoresca em arredores pitorescos, contornando como fazia o grande canal, que sempre estava animado com muitos barquinhos, voando com suas largas velas brancas e deslizando em direção à enorme pilha de ruínas do palácio de Christiansborg. Havia também o Gammelstrand, local de reunião dos vendedores de peixe, onde diariamente se desenrolava uma cena animada e interessante entre vendedores e compradores, e onde a aparição de Helga sempre despertava um interesse animado e ruidoso, porém amigável, muito tempo depois de ela ter se tornado em outras partes da cidade uma curiosidade já conhecida. Foi aí que um dia uma velha camponesa perguntou-lhe a que tipo de humanidade ela pertencia e com a resposta de Helga: "Sou negra", indignou-se, retrucando com raiva que, só porque ela era velha e camponesa não poderia se deixar enganar tão facilmente, pois ela sabia tão bem como todo mundo que os negros eram pretos e tinham cabelos lanudos.

Em oposição a essas caminhadas, os Dahls a princípio expressaram um leve protesto. "Mas, tia querida, tenho que andar, senão vou engordar", argumentou Helga. "Eu nunca, nunca em toda a minha vida, comi tanto." Pois o estilo de entretenimento aceito em Copenhague parecia ser uma rodada de jantares, nos quais era costume a anfitriã ultrapassar toda a capacidade não apenas de sua sala de jantar, mas também de seus convidados. Helga gostava desses jantares, já que geralmente eram eventos animados, a conversa brilhante e espirituosa, muitas vezes em vários idiomas. E sempre ela recebia uma boa dose de atenção e admiração lisonjeiras.

Havia, também, aquelas populares reuniões vespertinas para o propósito expresso de beber café juntos, em que, entre muitas conversas, conversas interessantes, se bebia a bebida forte e fumegante de deliciosas xícaras feitas de porcelana dinamarquesa real e se comia uma infinita variedade de bolos saborosos e *smørrebrod*. Esse *smørrebrod*, sanduíches delicados de uma variedade interminável e tentadora, era claramente uma instituição dinamarquesa. Muitas vezes Helga se perguntava quantos desses deliciosos sanduíches ela havia comido desde que pôs os pés em solo dinamarquês. Sempre, onde quer que a comida fosse servida, aparecia o inevitável *smørrebrod*, na casa dos Dahls, em todas as outras casas que ela visitava, nos hotéis, nos restaurantes.

A princípio ela havia sentido certa falta de dançar, pois, embora fossem excelentes dançarinos, os dinamarqueses pareciam não se importar muito com aquele passatempo, que combina tão deliciosamente exercício e prazer. Mas no inverno havia patinação, solitária ou em grupos alegres. Helga gostava desse esporte, embora não fosse muito boa nele. No entanto, sempre havia muitos homens eficientes e dispostos a instruí-la e guiá-la sobre o gelo brilhante. E era a chance também de vestir vistosos apetrechos de patinação.

Mas, principalmente, era com Axel Olsen que seus pensamentos estavam ocupados. Brilhante, *blasé*, elegante, urbano, cínico, mundano, ele era um tipo inteiramente novo para Helga Crane, que era familiar, se tanto, à restrita sociedades Negra americana. Estava ciente, também, que aquele homem fascinante, ainda que presunçoso, estava interessado nela. Passavam muito tempo juntos, já que ele estava pintando seu retrato. Helga passava longas manhãs no excêntrico estúdio em frente ao Folkemuseum, e Olsen vinha com frequência à casa dos Dahl, onde, como Helga e ele mesmo sabiam, era mais do que bem-vindo. Mas apesar do seu manifesto interesse e até mesmo deleite por sua aparência exótica; apesar da sua constante presença e proximidade, ele não dava nenhum sinal do tipo de cuidado mais pessoal que — encorajado pelas suaves insinuações de tia Katrina e dos questionamentos sutis do tio Poul — ela tentara assegurar. Seria a raça que o mantinha em silêncio, afastado? Helga Crane repudiava esse pensamento, afastando-o furiosamente dela, porque perturbava sua sensação de segurança e permanência em sua nova vida, carcomia sua autoconfiança.

Mesmo assim, ficou surpresa quando, em agradável tarde enquanto bebia um café no Hotel Vivili, tia Katrina mencionou, quase casualmente, como seria desejável que Helga fizesse um bom casamento.

"Casamento, querida tia!"

"Casamento", repetiu a tia com firmeza, enquanto se servia de mais um sanduíche de anchova e azeitona. "Você tem", assinalou, " vinte e cinco anos".

"Ah, tia, eu não poderia! Quero dizer, não há ninguém aqui com quem eu possa casar." Ainda que não o quisesse, Helga ficou chocada.

"Ninguém?" Havia, Fru Dahl apontou, capitão Frederick Skaargaard — que ainda por cima era muito bonito — e teria dinheiro. E havia Herr Hans Tietgen, não tão bonito, claro, mas inteligente e um bom homem de negócios; ele também ficaria rico, muito rico, um dia. E havia Herr Karl Pedersen, que tinha uma boa posição no banco Landmands e ações consideráveis em uma próspera fábrica de cimento em Aalborg. Havia, também, Christian Lende, o jovem proprietário do novo Teatro Odin. Helga poderia se casar com qualquer um desses, na opinião de tia Katrina. "E", ela acrescentou, "outros". Ou talvez a própria Helga tivesse algumas ideias.

Helga tinha. Ela não, respondeu, acreditava em casamento miscigenados, "entre raças, a senhora sabe". Trazem somente problema — para as crianças — como ela bem sabia, por amarga experiência própria.

Fru Dahl acendeu um cigarro pensativamente. Por fim, depois que o brilho do cigarro se manifestou, anunciou: "Porque sua mãe era uma tola. Sim, era! Se tivesse voltado para casa depois de se casar, ou depois que você tivesse nascido, ou mesmo depois que seu pai, digamos, 'saiu de cena', teria sido diferente. Se ao menos ela tivesse deixado você quando estava aqui. Mas por quê razão nesse mundo ela foi se casar novamente, e com uma pessoa daquela, eu não entendo. Ela queria ficar com você, insistiu nisso, apesar dos protestos dele, eu acho. Ela te amava tanto, foi o que disse... E no entanto te fez infeliz. Mães, suponho, são assim. Egoístas. E Karen sempre foi estúpida. Se você tem alguma coisa na cabeça, deve ter vindo toda de seu pai."

Helga não cairia nessa. Por conta das óbvias verdades parciais, ela sentiu a necessidade de uma cautela dissimulada. Com um distanciamento que a surpreendeu perguntou se tia Katrina não achava, realmente, que a miscigenação era errada, tanto de fato quanto de princípio.

"Não", foi a resposta da tia, "seja boba também, Helga. Não pensamos nessas coisas aqui. Não em relação a indivíduos, pelo menos." E quase em seguida perguntou: "Você avisou Herr Olsen sobre o jantar desta noite?"

"Sim, tia". Helga estava contrariada, e tentando não demonstrar.

"Ele virá?"

"Sim, tia", com polidez meticulosa.

"E que tal ele?"

"Não sei. O que tem ele?"

"Ele gosta de você?"

"Não sei. Como poderia saber?" Helga perguntou com irritante contenção, seu foco agora na escolha de um sanduíche. Sentiu-se como se estivesse nua. Ultrajada.

Agora Fru Dahl estava irritada e o demonstrava. "Que bobagem! Claro que sabe. Qualquer garota sabe," e seu pé revestido de cetim bateu, com um pouco de impaciência, no velho piso de ladrilhos.

"Eu realmente não sei, tia" Helga respondeu em uma voz estranha, uma maneira estranha, fria e formal, niveladamente cortês. Então, repentinamente arrependida, acrescentou: "Honestamente, não sei. Não sei nada sobre ele" e caiu em um breve silêncio. "Nada", repetiu. Mas a frase, embora audível, não foi dirigida a ninguém, somente a si mesma.

Voltou os olhos para fora, para a rua imaculada. Instintivamente, queria reprimir sua ânsia pela única coisa que, aqui, cercada de tudo o que tanto desejara, a deixava com certo medo. Vagas premonições que chegavam.

Fru Dahl a encarava atentamente. Seria, comentou, retomando o ar casual e franco, de longe a melhor de todas as possibilidades. Especialmente desejável. Tocou a mão de Helga com os dedos em um pequeno gesto afetuoso. Muito levemente.

Helga Crane não respondeu imediatamente. Havia, ela sabia, muito sentido — de certo ponto de vista — na declaração de sua tia. Ela tinha que reconhecer. "Sei disso", disse-lhe por fim. Por dentro, estava admirada pela maneira tranquila e suave com que tia Katrina havia deixado de lado o tom ácido momentâneo da conversa e retomado sua argumentação habitual. Isso exigia, Helga pensou, uma grande dose de segurança. Equilíbrio.

"Sim", dizia, enquanto acendia vagarosamente outro daqueles cigarros longos, finos e castanhos que Helga sabia por experiência angustiante terem um gosto incrivelmente desagradável, "seria a coisa ideal para você, Helga." Encarando penetrantemente o rosto imperturbável da sobrinha, fez um aceno com a cabeça, como se estivesse satisfeita com o que via. "E é claro que você tem consciência de que é uma garota muito charmosa e bonita. Inteligente também. Se você se dedicar a isso, não há razão no mundo para que você não...". Parou abruptamente, deixando sua insinuação tanto em suspenso quanto clara. Atrás dela, ouviram-se passos. Uma pequena mão enluvada apareceu em seu ombro. Pouco antes de se virar para cumprimentar Fru Fischer, ela disse baixinho, de forma significativa: "Ou se não, pare de perder seu tempo, Helga."

Helga Crane disse: "Ah, Fru Fischer. Que bom vê-la." E era verdade. Seu corpo inteiro estava tenso com indignação reprimida. Queimando por dentro como o fogo confinado de uma fornalha quente. Sentia-se tão assediada que sorriu como uma autoproteção. E, de repente, estava estranhamente fria. Uma evocação de coisas distantes, mas ainda assim perturbadoras, oprimia-a com uma sensação de ligeira náusea. Como um peso, uma pedra, exatamente onde, ela sabia, estava seu estômago.

Fru Fischer estava atrasada. Como sempre. Desculpou-se profusamente. Também como era de costume. E, sim, ela tomaria um café. E beliscaria um *smørrebrod*. Embora tivesse de dizer que o café aqui no Vivili era atroz. Simplesmente atroz. "Eu não entendo como você suporta isso." E o lugar estava ficando tão comum, sempre com tantos bolcheviques e japoneses e coisas assim. E ela não gostava — "me desculpe, Helga" — daquela hedionda música americana que eles estão sempre tocando, mesmo que fosse considerado muito moderno. "Prefiro", disse, "as boas e velhas melodias dinamarquesas de Gade e Heise. Por sinal, Herr Olsen disse que *Helios* de Nielsen está sendo montada com grande sucesso agora na Inglaterra. Mas suponho que você saiba tudo sobre isso, Helga. Ele já te contou. E aí?" essa última frase acompanhada por um sorriso malicioso e insinuante.

Os ombros de Helga Crane se recolheram. Estranho, ela nunca tinha notado como Fru Fischer era uma mulher tão desagradável. E estúpida também.

QUINZE

L á pelo fim do segundo ano de Helga na Dinamarca veio um descontentamento indefinido. Nada claro, mas difuso, como uma tempestade se formando no horizonte. Demorou muito para que admitisse que estava menos feliz do que durante seu primeiro ano em Copenhague, mas ela sabia que era assim. E esse conhecimento subconsciente aumentou sua inquietação e sua insegurança mental. Desejava ardentemente combater esse desgaste de sua satisfação com a vida, consigo mesma. Mas não sabia como.

Francamente, a pergunta se resumia: qual era seu problema? Havia, sem que soubesse, alguma carência peculiar? Absurdo. Mas ela começou a ter uma sensação de desânimo e desesperança. Por que ela não poderia ser feliz, contente, em algum lugar? Outras pessoas conseguiam, de alguma forma, se contentar. Colocando de forma clara: será que ela não sabia como? Seria incapaz?

E então, um dia quente de primavera, chegou a carta de Anne contando sobre seu casamento com Anderson, que ainda ocupava um lugar nebuloso na memória de Helga Crane. De alguma forma, isso aumentou seu descontentamento e sua crescente insatisfação com sua vida de pavão. Isso, também, a irritava

O quê, ela se perguntava, havia naquele homem que tinha o poder de sempre perturbá-la? Começou a rememorar aquele primeiro encontro com ele. Talvez se ela não tivesse ido embora... Riu. Desdenhosamente. "É, se eu não tivesse ido embora, ainda estaria presa no Harlem. Trabalhando todos os dias da minha vida. Tagarelando sobre o problema racial."

Anne, ao que parecia, queria que ela voltasse para o casamento. Isso era algo que Helga não tinha qualquer intenção de fazer. É verdade que gostava e admirava Anne mais do que qualquer pessoa que já conhecera, mas mesmo por ela não cruzaria o Oceano.

Voltar para os Estados Unidos, onde odiavam os negros! Para os Estados Unidos, onde os negros não eram pessoas. Para os Estados Unidos, onde só lhes era permitido ser pedintes, implorando pela vida, pela felicidade, pela segurança. Para os Estados Unidos, onde tudo foi espoliado das pessoas escuras: a liberdade, o respeito, até mesmo o trabalho lhes foi tomado. Para os Estados Unidos, onde, se uma pessoa tiver sangue negro, não deve esperar dinheiro, educação ou, às vezes, nem mesmo o trabalho com o qual se sustentar. Talvez estivesse errada em se preocupar com isso agora que estava tão longe. Helga não conseguia, no entanto, evitar. Nunca conseguia se lembrar das vergonhas e, muitas vezes, dos horrores absolutos da existência do negro nos Estados Unidos, sem lhe acelerar o batimento cardíaco e lhe perturbar uma sensação de náusea. Era horrível demais. A sensação de asco era quase uma coisa tangível em sua garganta.

E certamente ela não voltaria por uma razão tão estúpida como o casamento de Anne com aquele ofensivo Robert Anderson. Anne era demais! Mas por quê, ela se perguntou, e como aconteceu dele estar se casando com Anne? E por que logo Anne, que tinha muito mais do que tantos outros — mais do que deveria —, queria ter Anderson também? Por que ela não... "Acho", disse a si mesma, "melhor parar. Não é da minha conta. Eu não me importo nem um pouco. Além disso", acrescentou sem relevância, "eu odeio essa baboseira de buscar a alma gêmea".

Uma noite, não muito depois da chegada da carta de Anne com a notícia ruidosa, Helga foi com Olsen e alguns outros jovens ao Grand Circus, uma casa de *vaudeville*, em busca de diversão em uma rara noite livre. Depois de assistirem a vários números, eles relutantemente chegaram à conclusão de que todo o entretenimento era monótono, indescritivelmente monótono, aparentemente sem perspectivas de melhorar e, portanto, não precisa ser tolerado. Estavam recolhendo seus agasalhos quando no palco entraram dois negros, negros americanos sem dúvida, pois enquanto dançavam e saltitavam, cantavam em inglês americano uma velha canção *ragtime* que Helga se lembrou de ter ouvido quando criança, "Todo mundo tem um conselho pra me dar". No final, o público aplaudiu com deleite. Somente Helga Crane permaneceu em silêncio, imóvel.

Mais canções, antigas, todas antigas, porém novas e estranhas para aquela plateia. E como os cantores dançavam, batendo as coxas, batendo as mãos, torcendo as pernas, agitando os braços anormalmente longos, jogando o corpo com uma facilidade! E como os espectadores encantados aplaudiam, uivavam e gritavam por mais!

Helga Crane não achou graça. Em vez disso, foi tomada por um ódio feroz pelos negros saltitantes no palco. Sentiu-se envergonhada, traída, como se aquelas pessoas brancas e rosadas entre as quais ela vivia tivessem sido repentinamente convidadas a olhar para algo nela que ela havia escondido e queria esquecer. E ela ficou chocada com a avidez com que Olsen ao lado dela sorvia aquilo.

Mais tarde, porém, quando estava sozinha, tornou-se bastante claro que o tempo todo eles haviam adivinhado aquela presença, tinham sabido que nela havia algo, alguma característica, diferente de tudo o que eles possuíam. Senão, por que eles a adularam como fizeram? Por que indicar sutilmente que ela era diferente? E eles não menosprezaram. Não, eles admiraram, valorizaram como uma coisa preciosa, uma coisa para ser promovida, preservada. Por quê? Ela mesma, Helga Crane, não admira essa coisa. Suspeitava que nenhum negro, nenhum americano, admirava. Se não, porque é imitavam tanto, e tão servilmente, os trejeitos e modos que não são os seus? Por que imploram constantemente para serem considerados cópias exatas de outras pessoas? Mesmo os esclarecidos, os inteligentes, não exigiam nada mais que isso. Eram todos pedintes como a turba heterogênea na velha canção de ninar:

Os pedintes estão chegando na cidade.
Alguns em farrapos,
Alguns em trapos,
E alguns em vestidos de veludo.

O incidente a deixou profundamente inquieta. Seu velho e infeliz estado de espírito questionador abateu-se novamente sobre ela, insidiosamente roubando mais do contentamento de sua existência transformada.

Mas ela voltaria, várias vezes, ao Circus, sempre sozinha, espreitando intencionalmente e solenemente os vultos negros que gesticulavam, uma espectadora irônica e silenciosamente especulativa. Pois ela sabia que no seu plano para a vida havia se lançado um conflito no qual se fundiam dúvidas, rebeliões, conveniência e anseios urgentes.

Foi nessa época que Axel Olsen a pediu em casamento. E agora Helga Crane estava surpresa. Era uma coisa que um dia ela havia esperado muito, tinha tentado suscitar, e para a qual tinha finalmente renunciado, admitindo ser inalcançável. Não tanto por uma aparente desesperança, mas por um sentimento quase intangível que, ainda que ele estivesse disposto e satisfeito com ela, a origem de Helga o repeliria um pouco, e que, demandado por algum impulso de antagonismo racial, ele se refugiava no hábito de se auto-depreciação, como uma forma de proteção. Um orgulho pessoal mordaz e uma sensibilidade impediram Helga de empregar novos esforços para incitar tal pedido.

É verdade que ele fizera, certa manhã, enquanto segurava o pincel para uma última, a última pincelada no retrato, uma sugestão admiravelmente dissimulada, aparentemente falando com o rosto retratado. Ele tinha se insinuado, ao que parece, para o rosto retratado. Teria ele insinuado casamento, ou alguma coisa mais simples... e mais fácil? Ou teria feito um elogio bastante floreado, de gosto um tanto duvidoso? Helga, que no momento não teve certeza, permaneceu em silêncio, tentando parecer que não estava ouvindo.

Mais tarde, depois de pensar bastante no assunto, ela se penitenciou por ser uma idiota. Ela deveria saber que não era do feitio de Axel Olsen fazer elogios floridos de gosto duvidoso. E, se fosse casamento o que ele pretendia, ele, é claro, teria feito a coisa adequada. Ele não iria parar — ou melhor, começar — por lhe declarar suas intenções quando havia o tio Poul para ser formalmente consultado. Ele a havia, disse a si mesma, insultado. E uma boa dose de desprezo e cautela foi adicionada ao seu interesse pelo homem. Ela foi capaz, no entanto, de sentir uma sensação gratificante de júbilo ao lembrar-se de que tinha ficado em silêncio, ostensivamente alheia à declaração dele e, portanto, até onde ele sabia, não foi afrontada.

Isso simplificou as coisas e acabou com o dilema em que a confissão aos Dahls de tal acontecimento a teria envolvido, pois ela não podia ter certeza de que eles também não poderiam atribuir isso à diferença de sua ancestralidade. E ela ainda poderia ir acompanhada dele, e ser invejada pelos outras, nas estreias na Praça Kongens Nytorv, nas exibições na Academia Real ou no Charlottenborg. Ele ainda poderia convidá-la e à tia Katrina para passar a tarde ou ir com elas ao Magasin du Nord para escolher uma echarpe ou um corte seda, sobre o qual tio Poul poderia dizer casualmente na presença de conhecidos interessados: "que lindo echarpe" — ou "vestido"... — "está usando, Helga. Esse é o novo que Olsen te ajudou a escolher?"

Sua atitude aparente em relação a ele não mudou em nada, exceto que aos poucos ela se tornou, talvez, um pouco mais afastada e indiferente. Mas definitivamente Helga Crane cessara, mesmo que remotamente, de considerá-lo mais do que alguém divertido, desejável e conveniente de se ter por perto — desde que com alguma cautela. Pretendia, naquele momento, voltar sua atenção para outros. O capitão ornamentado dos Hussars, talvez. Mas na dor de sua nostalgia crescente, que, por mais que tentasse, não conseguiu conter, ela não pensava mais com seriedade em Olsen ou no capitão Skaargaard. Ela precisava, ela desejava, primeiro voltar a ver os Estados Unidos. Quando ela voltasse...

Portanto, se antes ela teria ficado satisfeita e orgulhosa com a proposta de Olsen, ela agora estava realmente surpresa. Estranhamente, ela estava consciente também de um curioso sentimento de repugnância, enquanto os olhos dela percorriam o rosto dele, enquanto sorrindo, confiante, com a tom certo de fervor, ele fazia sua declaração e o pedido. Ela ficou atônita. Seria possível? Seria realmente aquele homem com quem pensara, até desejara, se casar?

Ele estava, é claro, certo de que teria seu pedido aceito, assim como estava certo da anuência, da adulação em todo e qualquer lugar que ele honrasse com sua presença. Bem, Helga estava pensando, não era nem tanto culpa dele quanto dela mesma, da tia, de todo mundo. Ele era mimado, quase uma criança.

No que ele disse, assim que ela percebeu o teor e se recuperou da surpresa, Helga não prestou muita atenção. Ela sabia que as palavras seriam absolutamente apropriadas, e que não fariam diferença. Não significavam nada para ela — agora. Estava pasma em descobrir de repente o quão intensamente não gostava dele, não gostava do formato de sua cabeça, do seu cabelo escovinha, da linha do nariz, da entonação da voz, da elegância nervosa de seus dedos longos; desgostava até mesmo a aparência de suas roupas irrepreensíveis. E por alguma razão inexplicável ela estava um pouco assustada e embaraçada, tanto que depois que ele acabara de falar, por um curto espaço houve apenas silêncio na pequena sala, aonde tia Katrina, com muito tato, o havia conduzido. Até mesmo Thor, o enorme gato persa, enrolado no parapeito da janela sob o sol fraco do fim da tarde, suspendeu por um momento seu ronronar incessante sob os movimentos dos dedos de Helga.

Helga, com sua leve agitação desfeita, disse a ele que estava surpresa. O pedido dele era, disse ela, inesperado. Bastante.

Um tanto sardônico, Olsen a interrompeu. E sorriu também. "Mas é claro que eu esperava surpresa. É a reação apropriada, não é? E você sempre tão apropriada, *Frøkken* Helga, sempre."

Helga, que sob aquele olhar direto sentia-se despojada e nua, empertigou-se rigidamente. Herr Olsen não precisava, disse a ele, ser sarcástico. Ela estava surpresa. Ele precisava entender que ela estava sendo muito sincera, muito verdadeira sobre aquilo. Realmente, ela não esperava que ele lhe fizesse uma honra tão grande.

Ele fez um pequeno gesto impaciente. Por que, então, ela recusara, ignorara, sua sugestão anterior?

Com isso, Helga Crane respirou fundo de indignação e ficou novamente, desta vez por um segundo quase imperceptível, em silêncio. Havia deduzido corretamente. Sua boca sensual e petulante enrijeceu. Que ele admitisse de modo tão franco — tão insolente, pareceu a ela — sua ultrajante intenção, era demais. Então disse friamente: "Porque, Herr Olsen, no meu país os homens, os da minha raça, pelo menos, não fazem tais sugestões a moças decentes. E pensando que o senhor era um cavalheiro, apresentado a mim por minha tia, escolhi pensar que havia me enganado, para lhe dar o benefício da dúvida."

"Muito louvável, minha Helga — e sábia. Agora você tem sua recompensa. Agora eu lhe proponho casamento."

"Obrigada", respondeu, "agradeço terrivelmente."

"Sim", e ele tentou alcançar sua mão fina de cor creme, agora deitada nas costas largas, alaranjadas e negras de Thor. Helga deixou que sua mão repousasse na dele, grande e rosada, notando o contraste. "Sim, porque eu, pobre artista que sou, não posso resistir à atração que você exerce sobre mim. Você me perturba. O desejo por você prejudica meu trabalho. Você penetra em meu cérebro e me enlouquece", e ele beijou a pequena mão de marfim. É muito decoroso, Helga pensou, para alguém tão enlouquecido que foi levado, contra sua inclinação, a pedir-lhe em casamento. Mas imediatamente, sua mente saltou para a admirável coincidência de tia Katrina ter expressado desejo por aquele momento, e lembrou-se da calma inabalável do tio Poul em toda e qualquer circunstância. Era, como havia concluído há muito tempo, segurança. E equilíbrio.

"Mas", dizia o homem à sua frente, "para mim será uma experiência. Pode ser que contigo, Helga, como esposa, eu me torne grande. Imortal. Quem sabe? Eu não queria te amar, mas eu tive de amar. Essa é a verdade. Faço de mim mesmo um presente para você. Por amor." Sua voz tinha um tom teatral. Ao mesmo tempo, avançou, estendendo os braços. Suas mãos tocaram o ar. Porque Helga havia recuado. Instantaneamente, ele deixou cair os braços e deu um passo para trás, repelido por algo repentinamente selvagem no rosto e nos modos dela. Sentando-se, passou a mão pelo rosto com um gesto rápido e elegante.

Mansa. Seu olhar, domesticado e irônico repousou no rosto de Axel Olsen, naquela cabeça leonina, no nariz largo — "mais largo que o meu" — suas sobrancelhas espessas, sobrepujando pálpebras carregadas e caídas, que escondiam, ela sabia, olhos azuis taciturnos. Ele se mexeu bruscamente, sacudindo seu desconcerto momentâneo.

Com seu jeito despótico e confiante, continuou: "Sabe, Helga, você é uma contradição. Você tem sido, suspeito, corrompida pela boa Fru Dahl, o que talvez seja bom. Quem sabe? Você tem uma natureza calorosa e impulsiva das mulheres da África, mas, minha querida, você tem, eu receio, a alma de uma prostituta. Você se vende para quem der o maior lance. Eu deveria, é claro, estar feliz que seja eu. E estou." Ele parou, contemplando-a, aparentemente perdido, por um segundo, em pensamentos agradáveis do futuro.

Para Helga, ele parecia ser a figura mais distante e irreal do mundo. Ela suprimiu um impulso ridículo de gargalhar. O esforço a deixou sóbria. Abruptamente, ela se deu conta de que, de alguma maneira, iria pagar por essa hora. Um temor rápido e breve passou por ela, deixando em seu rastro uma sensação de calamidade iminente. Ela se perguntou se por isso pagaria por tudo o que recebera.

E, repentinamente, já não se importava. Disse, de forma leve mas firme: "Mas veja, Herr Olsen, eu não estou à venda. Não para você. Não para qualquer homem branco. Não estou interessada em ser propriedade de alguém. Nem mesmo sua."

As pálpebras caídas se levantaram. A expressão nos olhos azuis era, Helga pensou, como o olhar surpreso de um bebê perplexo. Ele não havia entendido mesmo o que ela queria dizer.

Ela prosseguiu, deliberadamente: "acho que não me entendeu. O que estou tentando dizer é o seguinte: eu não o quero. Eu não me casaria com você em nenhuma circunstância" e como estava sendo, como disse, brutalmente franca, acrescentou: "no momento."

Ele se afastou um pouco dela, o rosto pálido mas composto, e olhou para as sombras que se reuniam no pequeno parque diante da casa. Por fim, ele falou, com uma voz estranha e gélida: "Você me recusa?"

"Sim", Helga repetiu com um descuido intencional. "Eu o recuso."

O lábio superior carnudo do homem estremeceu. Ele enxugou a testa, onde o cabelo dourado agora caía liso, pálido e sem brilho. Seus olhos ainda evitavam a garota na poltrona de espaldar alto diante de si. Helga sentiu um arrepio de remorso. Por um instante, lamentou não ter sido um pouco mais gentil. Mas, afinal, ao fim das contas, não era a crueldade a maior forma de gentileza? Mas com mais consideração, menos indiferença, ela disse: "Veja, eu não poderia casar com um homem branco. Simplesmente não poderia. Não é só você, não é pessoal, entende. É mais profundo, mais amplo do que isso. É racial. Algum dia talvez você vai me agradecer. Não temos como saber, sabe; se fossemos casados, você poderia vir a ter vergonha de mim, me odiar, odiar todos as pessoas negras. Minha mãe fez isso."

"Eu lhe ofereci casamento, Helga Crane, e você me responde com um discurso estranho sobre raça e vergonha. Que disparate é esse?"

Helga deixou passar porque não conseguiria, pensou, explicar. Seria muito difícil, muito mortificante. Ela não tinha palavras que pudessem adequadamente, e sem lacerar seu orgulho, transmitir a ele as armadilhas nas quais eles poderiam facilmente cair. "Eu teria", disse ela, "considerado seu pedido assim que cheguei. Mas você, esperando um acordo mais informal, esperou demais. Perdeu o momento. Tive tempo para pensar. Agora, já não poderia. Nada vale o risco. Podemos passar a odiar um ao outro. Já passei por isso, ou algo parecido. Eu sei. Não conseguiria fazer isso. E estou contente."

Levantando-se, ela estendeu a mão, aliviada por ele ainda estar em silêncio. "Boa tarde", disse ela formalmente. "Foi uma grande honra...".

"Uma tragédia", ele corrigiu, mal tocando a mão dela com as pontas dos dedos úmidos.

"Por que?" Helga rebateu e, por um instante, sentiu como se algo sinistro e devastador voasse para a frente e para trás entre eles como veneno.

"Quero dizer", disse ele, bastante solenemente, "que embora eu não te entenda inteiramente, de certa forma entendo também. E ..." Hesitou. Continuou. "Acho que o retrato seu que eu pintei é, afinal, a verdadeira Helga Crane. Portanto... uma tragédia. Para alguém. Para mim? Talvez?"

"Ah, o retrato!" Helga ergueu os ombros em um movimento ligeiramente impaciente.

Cerimoniosamente, Axel Olsen se curvou, deixando-a grata pela urbanidade que permitiu que se separassem sem muito constrangimento. Nenhum outro homem, ela pensou, de seu conhecimento teria lidado tão bem — exceto, talvez, Robert Anderson.

"Estou contente", declarou para si mesma em outro momento, "que o recusei. E," acrescentou honestamente, "estou feliz por ter tido a oportunidade. Mas ele até que aceitou bem... para uma tragédia." E franziu o rosto.

O retrato — ela nunca tinha, apesar de seu profundo interesse por ele e seu desejo por sua admiração e aprovação, perdoado Olsen por aquele retrato. Nele não estava, argumentava, ela mesma, mas alguma criatura nojenta e sensual com seus traços. Herr e Fru Dahl também não gostaram exatamente, embora colecionadores, artistas e críticos tenham sido unânimes em seus elogios e tenha sido exibido em uma exposição anual, onde granjeou muita atenção e muitas propostas tentadoras.

Agora Helga foi postar-se diante do quadro, com as palavras de despedida do seu criador em mente: "uma tragédia... meu retrato é, afinal, a verdadeira Helga Crane." Ela sacudiu a cabeça com veemência. "Não é, não é mesmo," disse em voz alta. Tolice! Pura tolice e pretensão artística. Nada mais. Qualquer um que não fosse meio cego poderia ver que não tinha nada a ver com ela.

"Marie", chamou a empregada que passava no corredor, "acha que este é um bom retrato meu?"

Marie corou. Hesitou. "Claro, *Frøkken*, eu sei que Herr Olsen é um grande artista, mas não, eu não gosto desse retrato. Parece ruim, perverso. Queira me desculpar, *Frøkken*."

"Obrigada, Marie, eu também não gosto."

Qualquer um que não fosse meio cego poderia ver que não tinha nada a ver com ela.

DEZESSEIS

A inda que os Dahls tivessem ficado contentes por
sua sobrinha ter tido a oportunidade de recusar a
mão de Axel, não ficaram nada contentes quando ela
aproveitou a oportunidade. Muito claramente o disseram, e com bastante firmeza indicaram-lhe a conveniência de recuperar a oportunidade, se, de fato, tal
coisa fosse possível. Mas não era, mesmo que Helga
tivesse tal disposição já que, pelo que viriam a saber
pelas colunas do *Politikken*, Axel Olsen havia partido
repentinamente para algum lugar bizarro nos Bálcãs.
Para descansar, diziam os jornais. Para tirar *Frøkken*
Crane da cabeça, diziam as fofocas.

A vida no lar dos Dahl continuou, tão suave quanto
antes, mas não tão agradável. A combinação da decepção dos Dahls e de Helga tingiu tudo. Embora evi-
tasse pensar que eles sentiam que ela os havia "desa-
pontado", Helga sabia que sim. Eles não exatamente
tinham a expectativa, mas esperança, de que ela traria
Olsen de volta, e assim asseguraria o vínculo entre o
meio moderno e burguês a que pertenciam e o cenário artístico que ansiavam. Claro que havia outros
homens, muitos deles. Mas havia apenas um Olsen. E
Helga, por alguma razão idiota ligada à raça, o recu-

sou. Certamente não adiantava nem mesmo pensar nos outros. Se ela o recusara, recusaria qualquer um, e todos pela mesma razão. Era, ao que parecia, uma regra geral.

"Não é", tio Poul tentara dizer a ela, "como se houvesse centenas de mulatos por aqui. Isso, eu posso entender, pode tornar as coisas um pouco diferentes. Mas há apenas você. Você é única aqui, não vê? Além disso, o Olsen tem dinheiro e uma posição invejável. Ninguém se atreveria a dizer ou mesmo pensar nada de estranho ou desagradável sobre você ou ele. Vamos Helga, não é essa bobagem de raça. Não aqui na Dinamarca. Você nunca falou disso antes. Não pode ser só isso. Você é sensata demais para isso. Deve ser outra coisa. Gostaria que tentasse nos explicar. Por acaso não gosta do Olsen?"

Helga permanecia em silêncio, pensando em como essa conversa era um grande esforço para as ideias de decência de Herr Dahl. Pois ele tinha uma consideração quase fanática pela discrição, e um retraimento peculiar do que ele desdenhava como uma exposição indecente das emoções.

"Então, o que é, Helga?" perguntou novamente, porque a pausa tinha ficado constrangedora para ele.

"Não posso explicar melhor do que já fiz", ela começou trêmula, "é apenas alguma coisa... algo bem dentro de mim", e se virou para esconder um rosto convulsionado pela ameaça de lágrimas.

Mas isso, tio Poul havia comentado, com uma razoabilidade desperdiçada na infeliz garota diante dele, era um disparate, um puro disparate.

Com um suspiro trêmulo e uma enxugada frenética nos olhos, dos quais surgiria um olhar desesperado, ela concordou que talvez fosse uma tolice, mas não pôde evitar. "Não entende, não consegue entender, tio Poul?" implorou, com um olhar suplicante para o homem gentil e experiente que naquele momento pensava que aquela curiosa e exótica sobrinha de sua esposa era realmente charmosa. Ele não culpava Olsen por ter ficado tão contrariado.

O pensamento passou. Ela choramingava. Sem nenhum esforço de contenção. Encantadora, sim. Mas insuficientemente civilizada. Impulsiva. Imprudente. Egoísta.

"Tente, Helga, se controlar", ele pediu gentilmente. Ele detestava lágrimas. "Se a aborrece tanto, não vamos mais falar nisso. Você, claro, deve fazer como desejar. Tanto sua tia quanto eu queremos apenas que você seja feliz." Ele queria dar um fim àquela conversa infrutífera e úmida.

Helga limpou o rosto com o pedaço de renda e ergueu os olhos brilhantes para o rosto dele. Disse, com pesar sincero: "O senhor tem sido maravilhoso para mim, o senhor e a tia Katrina. Angelical. Não quero parecer ingrata. Eu faria qualquer coisa por vocês, qualquer coisa no mundo menos isso."

Herr Dahl deu de ombros. Sorriu um tanto sardônico. Absteve-se de comentar que essa era a única coisa que ela podia fazer por eles, a única coisa que haviam pedido dela. Estava feliz por ter encerrado a desconfortável discussão.

Então a vida continuou. Jantares, cafés, teatros, pinturas, música, roupas. Mais jantares, cafés, teatros, roupas, música. E aquela renitente ânsia pelos Estados Unidos foi crescendo. Ampliada pelo desconforto da tia Katrina e pela decepção do tio Poul com ela, aquela nostalgia atormentadora cresceu a um peso insuportável. À medida que a primavera chegava com muitos sinais graciosos do verão seguinte, ela encontrou seus pensamentos vagando com frequência cada vez maior para a carta de Anne e para o Harlem, suas ruas sujas, agora entulhadas, no tempo mais quente, com uma humanidade alegre, negra.

Até recentemente, ela não tinha o menor desejo de voltar a ver os Estados Unidos. Então começou a abrigar a ideia de um retorno. Apenas uma visita, é claro. Só para ver, para provar a si mesma que não havia nada ali para ela. Para demonstrar o absurdo de até pensar que poderia haver. E para aliviar a leve tensão aqui. Talvez quando ela estivesse de volta...

Sua decisão definitiva de partir foi tomada tão repentina quanto desconcertante. Foi depois de um concerto no qual a *Sinfonia do Novo Mundo* de Dvořák foi maravilhosamente executada. Aquelas notas em tom de lamento de "Swing Low, Sweet Chariot"[12] eram lhe

---

12 *O compositor checo Antonín Dvořák (1841-1904) compôs a* Sinfonia nº 9, *mais conhecida como* Sinfonia do Novo Mundo, *enquanto dirigia um conservatório nos Estados Unidos. Sua inspiração foram as canções populares e religiosas americanas e pode-se identificar o* spiritual *"Swing Low, Sweet Chariot" em um de seus andamentos. O europeu Dvořák promovia, entre os americanos, o desenvolvimento de uma música autóctone, livre dos*

familiares demais. Atingiram seu coração saudoso e romperam suas defesas enfraquecidas. Entendeu então o que se espreitava, sem nome e sem forma, nas últimas semanas, em sua mente atormentada. Incompletude.

"Tenho saudades, não dos Estados Unidos, mas dos negros. Esse é o problema."

Pela primeira vez, Helga Crane sentiu mais compaixão do que desprezo e ódio por aquele pai, a quem tantas vezes e com tanta raiva ela culpava por ter abandonado sua mãe. Ela entendia, agora, sua rejeição, seu repúdio, da calma formal que sua mãe representara. Ela entendeu essa ânsia, sua necessidade intolerável pelo humor inesgotável e a esperança incessante de seu povo, sua necessidade por aquelas coisas, imateriais, que há em todos os ambientes negros. Ela entendia e podia solidarizar com sua fácil rendição aos irresistíveis laços de raça, agora que eles apertavam seu próprio coração. E enquanto ela ia a festas, ao teatro, à ópera e se misturava com as pessoas nas ruas, encontrando apenas rostos pálidos e sérios quando ansiava por rostos marrons e sorridentes, foi capaz de perdoá-lo. Além disso, era como se, nessa compreensão e perdão, ela tivesse alcançado um conhecimento de importância quase sagrada.

Sem objeções, oposição ou recriminação, Herr e Fru Dahl aceitaram a decisão de Helga de voltar para os

---

padrões da Europa. "Estou convencido de que a música futura deste país deve ser encontrada naquelas que são chamadas de 'melodias negras'. Podem ser a fundação de uma escola séria e original de composição, a ser desenvolvida nos Estados Unidos."

Estados Unidos. Ela esperava que eles ficassem felizes e aliviados. Foi agradável descobrir que ela não lhes havia feito justiça. Eles, apesar do extremo mundanismo, gostavam muito dela e, como declararam, sentiriam muito sua falta. E queriam mesmo ela voltasse, insistiam repetidamente. Secretamente sentiam, como ela, que talvez quando ela voltasse... Então ficou combinado que seria apenas para uma breve visita, "para o casamento da sua amiga", e que ela voltaria no início do outono.

Chegou o último dia. As últimas despedidas foram feitas. Helga começou a se arrepender de estar partindo. Por que ela não poderia ter duas vidas, ou por que ela não poderia estar satisfeita em um só lugar? Agora que fora embora, sentia um peso no coração. Já olhava na distância, com infinito arrependimento, os dois anos no país que lhe deram tanto orgulho, felicidade, riqueza e beleza.

Os sinos tocaram. A prancha foi içada. A faixa escura de água se alargou. Os vultos de amigos ficaram de repente mais queridos, para logo diminuírem, desfocarem, desaparecerem. Lágrimas brotaram dos olhos de Helga Crane; medo, em seu coração.

Adeus, Dinamarca! Adeus. Adeus!

Dezessete

Um verão havia amadurecido e o outono despontava. Anne e o Dr. Anderson haviam retornado de sua curta viagem de casamento no Canadá. Helga Crane, ainda permanecendo nos Estados Unidos, mudou-se, com tato, da casa na rua 139th para um hotel. Era, como ela poderia assinalar para os conhecidos, muito melhor que os Andersons recém-casados não se incomodassem com um convidada, nem mesmo com uma amiga tão próxima como ela, Helga, tinha sido para Anne.

Na verdade, embora ela mesma quisesse realmente sair da casa quando eles voltassem, ficou um pouco surpresa e muito magoada por Anne ter consentido tão prontamente em sua partida. Ela poderia pelo menos, pensou Helga indignada, ter agido um pouco como se quisesse que ela ficasse. E tinha sido Anne quem escreveu para que ela voltasse ao país.

Helga felizmente não tinha consciência que Anne, mais silenciosamente sábia, mais determinada, mais egoísta e menos inclinada a deixar qualquer coisa ao acaso, compreendia perfeitamente que em grande parte fora a voz da consciência inabalável de Robert Anderson o fator determinante para seu segundo casamento — o protesto ascético de Anderson contra o sensual, o físico. Anne percebeu que a superfície decorosa da mente de seu novo marido olhava para Helga Crane com aquele apreço intelectual e estético que mulheres atraentes e inteligentes sempre extraíram dele, mas que por baixo daquela parte bem administrada, em um lugar mais sem lei onde ela mesma nunca esperou ou desejou entrar, havia outra, uma mais primitiva tateando em direção a algo chocante e assustador para o ascetismo frio da razão dele. Anne também sabia que, embora ela fosse adorável — mais bonita do que Helga — e interessante, com ela ele não teria de lutar contra aquele impulso sem nome e vergonhoso, aquele puro deleite, que lhe corria os nervos pela mera proximidade de Helga. E Anne pretendia que seu casamento fosse um sucesso. Pretendia que seu marido fosse feliz. Tinha certeza de que isso poderia ser administrado com tato e um pouco de astúcia de sua parte. Tinha muito apreço por Helga, mas vendo como ela havia se tornado mais charmosa, mais consciente de seu poder, Anne não tinha tanta certeza de que seu pedido sincero e urgente de vir para seu casamento não teria sido um erro. Estava, no entanto, certa de si mesma. Poderia cuidar de seu marido. Poderia cumprir o que considerava sua obrigação para com ele, mantê-lo imperturbado, digno. Era impossível que ela pudesse falhar. Impensável.

Helga, por sua vez, estava feliz em voltar para Nova York. Do quanto estava feliz, ou do porquê, ela realmente não se dava conta. E embora pretendesse sinceramente cumprir a promessa feita à tia Katrina e ao tio

Poul e voltar a Copenhague, o verão, setembro, outubro passaram e ela não fez menção de ir embora. Sua intenção mais íntima era a de uma visita de seis ou oito semanas, mas a correria febril de Nova York, a tragédia cômica do Harlem, ainda a dominavam. Com o passar do tempo, ficou um pouco entediada, um pouco inquieta, mas permaneceu. Algo daquela onda selvagem de alegria que a varreu no dia em que com Anne e Anderson ela se viu novamente cercada por centenas, milhares de pessoas marrons de olhos escuros permaneceu com ela. Aquele era o seu povo. Nada, ela agora compreendia, poderia mudar isso. Estranho que ela nunca tivesse valorizado verdadeiramente essa afinidade até que a distância lhe mostrasse o seu valor. Como ela fora absurda ao pensar que outro país, outras pessoas, poderiam libertá-la dos laços que a prendiam para sempre a essas hordas misteriosas, terríveis, fascinantes, amáveis e escuras. Laços que eram do espírito. Laços não apenas superficialmente emaranhados com mero contorno de feições ou cor da pele. Era mais profundo. Muito mais profundo do que qualquer um desses.

Grata pelo apaziguamento daquela solidão que mais uma vez a atormentava como uma fúria, ela se entregou à alegria milagrosa do Harlem. O alívio que o abandono desatento trouxe a ela era uma coisa real, muito definida. Ela gostava do contraste acentuado com sua vida pretensiosa e majestática em Copenhague. Era como se tivesse passado da pesada solenidade de um serviço religioso para uma bela e despreocupada orgia.

Não que ela pretendesse ficar. Não. Helga Crane não poderia, disse a si mesma e aos outros, viver na América. Apesar do glamour, a existência nos Estados Unidos, mesmo no Harlem, era para os negros muito difícil, muito incerta, muito cruel; algo para não deveria ser suportado por toda a vida se alguém pudesse escapar; algo que exige uma coragem maior do que a dela. Não. Ela não podia ficar. Nem, ela agora percebia, poderia ficar distante. Partindo, ela teria que voltar.

Esse conhecimento, essa certeza da divisão de sua vida em duas partes nas duas terras, na liberdade física na Europa e na liberdade espiritual na América, era lamentável, inconveniente, dispendiosa. Era, também, como ela estava desconfortavelmente ciente, até um pouco ridícula, e mentalmente ela se caricaturou no vaivém de continente a continente. Das restrições preconceituosas do Novo Mundo à fácil formalidade do Velho, da calma pálida de Copenhague ao apelo colorido do Harlem.

Mesmo assim, ela sentia uma superioridade um tanto piedosa sobre aqueles negros que aparentemente estavam tão satisfeitos. E ela tinha um refinado desprezo pelos americanos negros descaradamente patrióticos. Sempre que se deparava com um daqueles desfiles pitorescos pelas ruas do Harlem, as estrelas e listras fluindo ironicamente, insolentemente, à frente da procissão, temperavam para ela, um pouco, seu assombro com a seriedade infantil do espetáculo. Era patético demais.

Mas quando as portas mentais eram deliberadamente fechadas para aqueles esqueletos que espreitavam vivamente e em plena saúde através da consciência de cada pessoa de ancestralidade negra nos Estados Unidos — preto conspícuo, marrom óbvio ou branco indistinguível — a vida era intensamente divertida, interessante, absorvente e agradável; singularmente carente daquele tom de ansiedade que as inseguranças da existência pareciam fermentar em outros povos.

No entanto, a própria Helga tinha um sentimento agudo de insegurança, que ela não conseguia explicar. Às vezes, beirava o pavor. "Tenho que", dizia nessas ocasiões, "voltar para Copenhague". Mas a resolução não lhe dava muito prazer. E por isso ela agora culpava Axel Olsen. Foi ele, ela insistia, quem a fez voltar, que a deixou infeliz na Dinamarca. Embora bem soubesse bem que não fora. As dúvidas também aumentaram dentro dela. Por que ela não se casou com ele? Anne estava casada — ela não pronunciava o nome de Anderson — Por que não ela? Seria bem-feito para Anne se ela se casasse com um homem branco. Mas ela sabia em sua alma que não o faria. "Porque eu sou uma idiota", disse ela amargamente.

DEZOITO

Numa noite de novembro, ainda impregnada com o calor bondoso do veranico, Helga Crane vestia-se vagarosamente, em agradável antecipação à festa para a qual fora convidada naquela noite. Sempre era divertido com os Tavenors. A casa deles era grande e confortável, a comida e a música sempre das melhores, e o tipo de entretenimento sempre inesperado e brilhante. As bebidas também eram certamente seguras.[13]

E Helga, desde seu retorno, foi mais do que nunca popular nas festas. Suas roupas corajosas atraíram a atenção, e seu charme deliberado — como Olsen definira — os mantinham atentos. Sua vida em Copenhague a ensinara a esperar e aceitar a admiração como algo devido. Essa atitude, ela descobriu, era tão eficaz em Nova York quanto do outro lado do mar. Foi, na verdade, ainda mais. E foi mais divertido também. Talvez porque fosse um pouco mais perigoso.

No meio de curiosas especulações sobre a possível identidade dos outros convidados, com um sentimento

---

13   *A história passava-se nos anos da Lei Seca, e as bebidas eram quase sempre feitas em alambiques clandestinos, algumas vezes com resultados perigosos.*

indefinido de incômodo, ela se perguntou se Anne estaria lá. Ultimamente havia algo em Anne que era para Helga distintamente desagradável, uma atitude peculiar meio condescendente, levemente misturada com desconfiança. Helga não conseguia definir, não conseguia dar conta. Ela havia tentado. Por fim, decidiu não dar importância, ignorar.

"Suponho", disse em voz alta, "que seja porque ela se casou de novo. Como se ninguém pudesse se casar. Qualquer pessoa. Isto é, como se o mero casamento fosse tudo o que alguém pode desejas."

Desfazendo a minúscula prega de preocupação entre as largas sobrancelhas negras, ela se meteu em um vestidinho rosa brilhante arrematado com um cordão de prata. O resultado gratificante acalmou seus sentimentos agitados. Realmente não importava, esse novo jeito de Anne. Nem o fato de Helga saber que Anne a desaprovava. Sem palavras, Anne conseguiu tornar isso evidente. Na opinião dela, Helga havia vivido muito tempo entre os inimigos, os detestáveis rostos pálidos. Ela os entendia muito bem, era tolerante com suas estupidez ignorantes. Se fossem latinos, Anne poderia ter perdoado a deslealdade. Mas nórdicos! Linchadores! Era muita traição. Helga sorriu um pouco, entendendo a amargura e o ódio de Anne, e um pouco de sua causa. Era parte daqueles que ela odiava de forma tão virulenta. Medo. E então ela suspirou um pouco, pois lamentava o arrefecimento da amizade de Anne. Mas, em vista dos rumos divergentes de suas vidas, ela sentiu que mesmo a completa extinção da amizade a deixaria indevastada. Não que ela ainda não fosse grata a Anne por muitas coisas. Era apenas que ela tinha outras coisas agora. E haveria, para sempre, Robert Anderson entre elas. Um incômodo. Afastando-as do companheirismo confidente anterior. "E de qualquer forma", disse, de novo em voz alta, "ele nem é tanto para se casar. Qualquer uma poderia se casar com ele. Qualquer uma. Isso é, se alguém quisesse se casar. Se fosse alguém como Olsen... Já seria diferente... algo para se vangloriar, talvez".

A festa estava mais interessante do que Helga esperava. Helen, a senhora Tavenor, tinha dado vazão a uma alegria maliciosa e tinha convidado representantes oposições políticas e sociais, incluindo os do Caribe,[14] e os jogou desamparadamente um ao outro. Os olhos observadores de Helga observaram muitos que estavam mal humorados ou tentando esconder o mau humor, em grupos bem separados, nos amplos salões. Estavam presentes, também, alguns brancos, para desaprovação ou desconforto de Anne e de vários outros. Lá também, equilibrada, serena, certa, rodeada por homens negros e brancos, estava Audrey Denney.

"Sabe, Helen", Helga confidenciou, "eu não cheguei a conhecer a senhorita Denney. Queria que me apresentasse. Não neste minuto. Mais tarde, quando você puder. Mas por favor não diga... er... que foi a pedido meu."

---

14   *Referência ao grupo mais radical, liderado pelo jamaicano Marcus Garvey, que pregava a segregação total entre brancos e negros.*

Helen Tavenor deu uma risada. "Não, você não a teria conhecido, morando com Anne Gray. É o Anderson, quero dizer. Ela é a aversão de estimação de Anne. A simples visão de Audrey é o suficiente para deixá-la em um frenesi por uma semana. É uma pena, também, porque Audrey é uma pessoa terrivelmente interessante e Anne disse algumas coisas horríveis sobre ela. Você vai gostar dela, Helga."

Helga acenou com a cabeça. "Sim, eu espero. E estou sabendo sobre Anne. Uma noite..." Parou de falar, pois do outro lado da sala viu, com uma pontada de surpresa, James Vayle. "Onde, Helen, você o foi achar?"

"Ah, ele? Ele veio com alguém, não me lembro quem. Acho que ele está em estado de choque. Não é adorável? Pobre bebê. Eu ia apresentá-lo a Audrey e dizer a ela para jogar o charme em cima dele até que eu conseguisse lembrar como ele se chama, ou quando estivesse barulhento demais para ele perceber que não sei seu nome. Mas você também serve. Não me diga que sabe quem ele é!" Helga assentiu levemente. "Bem! E suponho que você o conheceu em algum lugar chocantemente perverso da Europa. É sempre assim com esses homens com cara de inocente."

"Não é bem assim. Eu o conheci há muito tempo em Naxos. Estávamos noivos, íamos nos casar. Simpático, não?" O nome dele é Vayle. James Vayle."

"Simpático", disse Helen jogando as mãos em um gesto dramático característico — ela tinha mãos e braços belíssimos — "é a palavra exata. Importa-se se eu fugir? Tenho alguém aqui que vai cantar. Não é um *spi-*

ritual. E eu não tenho a menor noção onde ele foi se meter. Na adega, aposto."

James Vayle não havia, Helga decidiu, mudado em nada. Alguém a chamou para uma dança e demorou algum tempo antes que ela notasse os olhos dele, meio questionadores, sobre ela. Quando o fez, sorriu amigavelmente por cima do ombro do companheiro e foi recompensada com uma pequena e digna reverência. Por dentro, ela sorriu, lisonjeada. Ele não a tinha esquecido. Ainda estava magoado. A dança acabou, ela abandonou seu par e deliberadamente abriu caminho através da sala até James Vayle. Ele estava naquele momento envergonhado e inseguro. Helga Crane, porém, cuidou disso, vendo que Helen tinha razão. Aqui ele parecia assustadoramente jovem e deliciosamente sem sofisticação. Ele deveria ter, no entanto, quase trinta e dois anos, ou mais.

"Dizem", foi sua saudação zombeteira, "que se alguém se postar na esquina da rua 135th com a Sétima Avenida por tempo suficiente, acabará por ver todas as pessoas que sempre conheceu ou encontrou. É bem verdade, eu acho. Não literalmente é claro". Ele estava, ela notou, se recompondo. "É só outra forma de dizer que todo mundo, quase, algum dia, cedo ou tarde, vem ao Harlem, até você."

Ele riu. "Sim, acho que é verdade. Embora não tenha vindo para ficar." E então ele ficou sério, seus olhos ansiosos a perscrutando.

"Bem, de qualquer forma, você está aqui agora, então vamos encontrar um canto tranquilo, se possível, onde possamos conversar. Eu quero ouvir tudo sobre você."

Por um momento, ele ficou recuou e um brilho de malícia brilhou nos olhos de Helga. "Estou vendo", disse, "que você continua o mesmo. Mas não precisa ficar nervoso. Aqui não é Naxos, sabe. Ninguém está nos observando, ou se estiverem, não ligam nem um pouco para o que fazemos."

Com isso, ele enrubesceu um pouco, protestou um pouco e a seguiu. E quando finalmente encontraram espaço em outra sala, que não estava tão lotada, ele disse: "Não esperava vê-la aqui. Pensei que ainda estivesse no exterior."

"Ah, eu já voltei há algum tempo, desde o casamento do Dr. Anderson. Anne, você sabe, é uma grande amiga minha. Eu morava com ela. Vim para o casamento. Mas, claro, não vou ficar. Não pensei que ficaria aqui tanto tempo."

"Não vai me dizer que vai morar lá. Você realmente acha muito melhor?"

"Sim e não, para as duas perguntas. Fiquei muito feliz em voltar, mas não moraria aqui para sempre. Não poderia. Não acho que ninguém que morou no exterior por muito tempo voltaria a viver aqui novamente se pudesse evitar."

"Muitos gente volta", pontificou James Vayle.

"Oh, eu não quero dizer turistas que zanzam pela Europa e percorrem todo o continente e correm de voltam para os Estados Unidos pensando que conhecem a Europa. Quero dizer pessoas que realmente viveram lá, que realmente viveram entre eles."

"Eu mantenho minha afirmação de que aproximadamente todos voltam no fim para viverem aqui."

"Isso é porque eles não podem sustentar uma vida lá", disse firmemente Helga Crane. "Dinheiro, você sabe."

"Talvez, não estou tão certo. Eu estava na guerra. Claro, não é realmente como viver lá, mas eu vi o país e a diferença no tratamento. Mas, eu posso lhe dizer, eu estou muito feliz por voltar. Todos os companheiros estão." Balançou a cabeça solenemente. "Eu não acho que qualquer coisa, dinheiro ou falta de dinheiro, nos mantenha aqui. Se fosse apenas isso, se realmente quiséssemos partir, teríamos ido embora. Não, é algo mais, alguma coisa mais profunda que isso."

"E o quê exatamente você acha que é?"

"Receio ser difícil de explicar, mas suponho que seja apenas porque gostamos de estar juntos. Eu simplesmente não posso imaginar viver para sempre longe das pessoas de cor."

Um leve vinco se desenhou entre sobrancelhas de Helga. Ela acrescentou de forma bastante amarga: "Eu sou uma negra também, você sabe."

"Bem, Helga, você sempre foi um pouco diferente, um pouco insatisfeita, embora eu não finja que a compreenda. Nunca compreendi", disse, um pouco melancólico.

E Helga, que começava a sentir que a conversa tinha assumido um tom impessoal e decepcionante, tranquilizou-se e deu o seu sorriso mais solidário e disse, quase com suavidade: "Vamos falar sobre você. Ainda está em Naxos?"

"Sim, ainda estou lá. Agora sou reitor assistente."

Obviamente, era motivo de parabéns entusiasmados, mas Helga só conseguiu pronunciar um morno "Que bom!". Naxos era para ela muito remoto, muito sem importância. Ela nem mesmo a odiava agora.

Quanto tempo, ela perguntou, James ficaria em Nova York?

Ele não sabia dizer. Negócios, negócios importantes para a escola, o trouxeram. Foi, ele disse, com outro tom rastejando em sua voz, com outro olhar desviando do rosto dela, terrivelmente bom voltar a vê-la. Ela estava com uma aparência tremenda. Ele esperava ter a oportunidade de vê-la novamente.

Mas é claro. Que viesse vê-la. A qualquer hora, ela estava sempre disponível, ou estaria para ele. E o que ele achou de Nova York, do Harlem?

Não. Ao que parecia, não gostou. Era bom para visitar, mas não para morar. Ah, tinha tantas coisas que ele não gostava, a pressa, a falta de vida em casa, as multidões, a barulheira sem sentido.

No rosto de Helga surgira aquele olhar de desprezo piedoso, peculiar aos nova-iorquinos importados quando a cidade de sua adoção é atacada por estrangeiros americanos. Com educado desprezo ela perguntou: "E tem mais alguma coisa de que você não gosta?"

Com o tom da voz dela, o rosto do homem passou do bronze para roxo. Ele respondeu friamente, devagar, com um leve gesto na direção de Helen Tavenor, que conversava alegremente com um de seus convidados brancos: "E não gosto desse tipo de coisa. Na verdade, detesto."

"Por que?" Helga estava se esforçando para ser casual em seus modos.

James Vayle, era evidente, estava começando a ficar com raiva. Também ficou evidente que a pergunta de Helga Crane o havia envergonhado. Mas ele agarrou o touro pelos chifres e disse: "você sabe tão bem quanto eu, Helga, que são as garotas negras o que esses homens vêm aqui procurar. Não pensariam em trazer suas esposas." E ele corou furiosamente com sua própria insinuação. O rubor restaurou o bom humor de Helga. James era realmente engraçado demais.

"Aquele", ela disse suavemente, "é Hugh Wentworth, o romancista, você sabe."[15] E indicou uma garota alta de pele olivácea sendo girada ao som da música nos braços de um homem negro imponente. "E aquela é a esposa dele. Ela não é negra, como você deve estar pensando. E agora vamos mudar de assunto novamente."

"Tudo bem! E dessa vez vamos falar de você. Você diz que não pretende morar aqui. Você nunca pretende se casar, Helga?"

"Algum dia, talvez. Não sei. Casamento... isso significa filhos, para mim. E por que adicionar mais sofrimento ao mundo? Por que adicionar mais negros torturados e indesejados aos Estados Unidos? Por que os

---

15 Personagem baseado no escritor e fotógrafo branco Carl Van Vechten, amigo e incentivador de Nella Larsen e entusiasta da Renascença do Harlem. "Hugo Wentworth" voltaria a aparecer no livro seguinte de Nella, Passando-se, com uma participação maior.

negros têm filhos? Isso parece claramente perverso. Pense no horror de ser responsável por dar vida a criaturas condenadas a suportar tais feridas na carne, tais feridas no espírito, como os negros têm de suportar."

James estava atônito. Esqueceu-se de ficar encabulado. "Mas, Helga! Meu deus!" Você não vê que se a gente — quero dizer, gente como a gente — não tiver filhos, os outros ainda vão ter? Esse é um dos nossos problemas. A raça é estéril no topo. Poucos, muito poucos negros da classe mais alta têm filhos, e cada geração tem que lutar novamente com os obstáculos das anteriores: falta de dinheiro, educação e formação. Tenho muita convicção. Somos nós que temos que ter os filhos se a raça quiser chegar a algum lugar."

"Bem, eu, pelo menos, não pretendo contribuir com nenhum filho para a causa... Mas como estamos sérios! E receio que realmente tenha que deixá-lo. Já dispensei duas danças por sua causa. Venha me ver."

"Ah, vou vê-la, sim. Tenho várias coisas que quero tratar com você e uma coisa em especial."

"Não me diga", Helga zombou, "que vai me pedir de novo em casamento."

"Isso", disse ele, "é exatamente o que pretendo fazer."

Helga Crane ficou de repente profundamente envergonhada e com muita pena de James Vayle, e então disse a ele rindo que era uma vergonha brincar com ela daquele jeito, e antes que ele pudesse responder ela saiu saltitando com um belo jovem cor de café que ela tinha atraído do outro lado da sala com um sorriso.

Mais tarde, ela teve que subir as escadas para arrumar um pedaço da bainha de seu vestido que havia se prendido na ponta de uma cadeira. Ela terminou o pequeno reparo e saiu para o corredor e, de alguma forma, que ela nunca soube exatamente qual, para os braços de Robert Anderson. Ela recuou e ergueu os olhos, sorrindo, para se desculpar.

E então aconteceu. Ele se abaixou e a beijou, um longo beijo, agarrando-a para perto. Ela lutou contra ele com todas as suas forças. Então, estranhamente, todo o poder pareceu diminuir, e um desejo há muito escondido e meio compreendido brotou dela tão repentino como em um sonho. Os braços de Helga Crane envolveram o pescoço do homem. Quando ela se afastou, conscientemente confusa e envergonhada, tudo parecia ter mudado em um espaço de tempo que ela sabia ter sido de apenas alguns segundos. Uma raiva súbita se apoderou dela. Ela o empurrou indignada para o lado e ajeitando o cabelo e o vestido desceu lentamente até o outro.

DEZENOVE

Naquela noite turbulenta sonhos coloridos invadiram a imaculada cama de hotel de Helga Crane. Ela acordou de manhã cansada e um pouco chocada com as fantasias descontroladas que a tinham visitado.

Tomando uma echarpe transparente, ela andou de um lado para o outro na sala estreita e tentou pensar. Lembrou de seus flertes e seu noivado morno com James Vayle. Estava acostumada a beijos. Mas nenhum foi como o da noite anterior. Reviveu aqueles breves segundos, pensando não tanto no homem cujos braços a seguraram, mas no êxtase que a inundou. Mesmo a lembrança trouxe uma pequena onda de emoção que a fez balançar um pouco. Ela se recompôs e começou a se apegar ao fato concreto da existência de Anne e experimentou uma agradável sensação de choque ao perceber que Anne era para ela exatamente o que tinha sido antes da experiência incompreensível da noite anterior. Ainda gostava dela no mesmo grau e da mesma maneira. Ainda se sentia um pouco irritada com ela. Ainda não invejava seu casamento com Anderson. Por algum processo misterioso, a turbulência emocional que a atormentou deixou todas as bases de sua existência imóveis. Por fora, nada havia mudado.

Dias, semanas, se passaram: o exterior sereno, o interior turbulento. Helga encontrou o Dr. Anderson nos eventos sociais para os quais os dois eram frequentemente convidados. Às vezes ela dançava com ele, sempre em perfeito silêncio. Ela não poderia, absolutamente não poderia, falar uma palavra com ele quando estivessem sozinhos juntos, pois nessas horas a lassidão a dominava; a emoção que a dominava recuava, deixando uma estranha tranquilidade, perturbada apenas por uma leve agitação de desejo. E envergonhada pelo silêncio dele, por seu aparente esquecimento, sempre depois dessas danças ela tentava desesperadamente se convencer a acreditar no que queria acreditar: que não tinha acontecido, que ela nunca tivera aquele desejo irreprimível. Inútil.

À medida que as semanas se multiplicavam, ela percebeu que precisava sair do atoleiro mental em que aquele beijo a atirara. Era para estar voltando a Copenhague, mas já não tinha nenhuma vontade de partir.

De repente, um domingo, em uma sala lotada, em meio a xícaras e tagarelice, ela se deu conta de que não poderia partir, que desde aquele beijo não pretendia partir sem explorar até o fim aquele caminho desconhecido pelo qual havia se embrenhado. Bem, não adiantava ficar para trás ou recuar. Não adiantava tentar se convencer de que não queria continuar. Uma espécie de fatalismo se aferrou a ela. Sentiu que, desde aquele último dia em Naxos, muito tempo atrás, de alguma forma ela sabia que isso iria acontecer. Com essa convicção sobreveio-lhe uma estranha sensação de euforia. Enquanto fazia um agradável assentimento a alguma observação de um colega convidado, ela largou a xícara e caminhou sem pressa, sorrindo e acenando para amigos e conhecidos em seu caminho, até a parte da sala onde ele estava olhando alguns exemplos de gravuras africanas. Helga Crane o encarou de frente. Assim que ele tomou a mão que ela estendia com elaborada casualidade, notou que ele tremia levemente. Ela estava secretamente se congratulando pela calma quando desabou. Uma fraqueza física caiu sobre ela. Seus joelhos fraquejaram. Agradecida, ela deslizou para a cadeira que ele agilmente dispôs para ela. A timidez apoderou-se dela. Ficou em silêncio. Ele falou. Ela não escutou. Ele finalmente chegou ao fim de sua longa dissertação sobre escultura africana, e Helga Crane sentiu a intensão de seu olhar sobre ela.

"Bem" ela questionou.

"Eu quero muito vê-la, Helga. Sozinha."

Ela se segurou tensa na beirada da cadeira e sugeriu: "Amanhã?"

Ele hesitou por um segundo e então disse rapidamente: "Bem, sim, tudo bem."

"Às oito?"

"Oito horas", ele concordou.

As oito horas da noite seguinte chegaram. Helga Crane nunca esqueceria. Tinha levado do encontro na noite anterior um sentimento de crescente euforia. Parecia-lhe que nunca havia estado tão feliz, tão exaltada, em anos, ou mesmo nunca. Por toda a noite, por todo o dia, se preparou mentalmente para a consumação iminente; fisicamente também, gastando horas diante do espelho.

Afinal chegaram as oito horas e com elas o Dr. Anderson. Só então a inquietação se apoderou dela e um sentimento de medo pela possível exposição. Pois Helga Crane não era, afinal, uma rebelde da sociedade, da sociedade negra. Isso tinha importância para ela. Não tinha qualquer desejo de ficar sozinha. Mas esses temores tardios foram superados pela resistência do desejo insistente; e ela se forçou a ir para a pequena sala de recepção do hotel.

Era muito gentileza, da parte dela, ir vê-lo. Ela protestou instantaneamente. Não, ela queria vê-lo. Ele olhou para ela surpreso. "Sabe, Helga", ele começou com um ar de desespero, "não posso me perdoar por ter agido como um cafajeste na festa dos Tavenors. Não te culpo de forma alguma por estar com raiva e não falar comigo, exceto quando tiver que fazer."

Mas isso, ela exclamou, era simplesmente ridículo demais. "Não estava nem um pouco com raiva." E pareceu a ela que as coisas não estavam exatamente indo para onde deveriam. Parecia que ele tinha sido muito sincero e muito formal. Deliberadamente. Ela olhou para suas mãos e inspecionou suas pulseiras, pois achava que olhar para ele seria, naquelas circunstâncias, demasiada exposição.

"Tive medo" — continuou ele — "de que você pudesse ter entendido mal; que teria ficado triste. Eu poderia me chutar. Foram, só pode terem sido, aqueles coquetéis podres dos Tavenor.

A sensação de euforia de Helga Crane a abandonou abruptamente. Ao mesmo tempo, sentiu a necessidade de responder com cautela. Não, ela respondeu, ela não tinha pensado nisso. Não significava nada para ela. Já havia sido beijada antes. Era realmente muito bobo da parte dele ter se incomodado com isso. "E o que quer dizer", ela perguntou, "um beijo a mais ou a menos, hoje em dia, entre amigos?". Ela até riu um pouco.

Dr. Anderson ficou aliviado. Estava, disse a ela, em uma agonia sem fim. Levantando-se, disse: "Vejo que você está de saída. Não vou prendê-la."

Helga Crane também se levantara. Rapidamente. Uma espécie de loucura se apoderou dela, sentiu que ele a havia menosprezado e a ridicularizado. E pensando isto, ela de repente deu um tapa selvagem em Robert Anderson com toda sua força, na cara.

Por um breve momento, os dois permaneceram atônitos, no silêncio profundo que se seguiu àquele tapa retumbante. Então, sem uma palavra de arrependimento ou desculpas, Helga Crane saiu da sala e subiu as escadas.

Ela tinha, disse a si mesma, toda a justificativa para esbofetear o Dr. Anderson, mas ela não estava convencida. Então, tentou se fazer muito bêbada para que o sono pudesse vir, mas só conseguiu ficar muito enjoada.

Nem mesmo a lembrança do rosto dele, lívido, que ficou com um tom acinzentado, ou a maneira desesperada com que ele ergueu a cabeça e deixou-a cair, ou o tremor das mãos que ele apressou para dentro dos bolsos, trouxeram a ela qualquer resquício de conforto. Havia arruinado tudo. Arruinou porque ela tinha sido tão boba a ponto de fechar os olhos a todos os indícios que apontavam para o fato de que, não importando a intensidade de seus sentimentos ou desejos, ele não era o tipo de homem que por qualquer motivo desistiria de uma partícula de sua própria boa opinião sobre si mesmo. Nem mesmo por ela. Nem mesmo sabendo que ela queria terrivelmente algo especial dele.

Algo especial. E agora ela o havia perdido para sempre. Para todo sempre. Helga teve uma percepção instantânea e chocante do que significava "jamais". E então, como um raio, ela se foi, deixando uma extensão interminável de anos tristes diante de sua visão apavorada.

VINTE

O dia estava chuvoso. Helga Crane, esticada na cama, sentia-se tão destruída física e mentalmente que desistiu de pensar. Porém, de um lado para o outro em seu cérebro vacilante, pensamentos incoerentes ondulavam em vaivém. Seu orgulho teria excluído esses pensamentos humilhantes e visões dolorosas de si mesma. O esforço era demais. Ela se sentia sozinha, isolada de todos os outros seres humanos, separada até mesmo de sua própria existência anterior pelo desastre de ontem. Repetidas vezes, dizia a si mesma: "não me resta mais nada a não ser ir embora." Sua angústia parecia insuportável.

Por dias, por semanas, visões voluptuosas a assombraram. O desejo havia queimado sua carne com uma violência incontrolável. O desejo de se entregar-se foi tão intenso que o pedido de desculpas trivial e surpreendente do Dr. Anderson pareceu uma recusa direta da oferta. Qualquer que fosse o resultado que ela esperava, tinha sido algo mais do que isso, essa mortificação, esse sentimento de ridículo e auto-aversão, esse conhecimento de que havia se iludido. Era tudo, ela disse a si mesma, o mais desagradável possível.

Quase desejou morrer. Não exatamente. Não que lhe assustasse a morte, que tinha, ela pensou, seus aspectos pitorescos. Era mais porque sabia que não iria morrer. E a morte, após o fracasso, apenas tornaria maior o absurdo. Além disso, isso a reduziria, Helga Crane, à insignificância, ao nada. Mesmo em seu infeliz estado atual, isso não a apetecia. Aos poucos, com relutância, começou a compreender que o golpe em sua auto-estima, a certeza de ter se mostrado uma idiota tola, foi talvez a ferida mais grave que sofrera. Foi sua autoconfiança que entrara em colapso. Afinal, o que o Dr. Anderson pensava não importava. Ela poderia escapar do desconforto dos olhos cinzentos dele. Mas não podia escapar da certeza de que havia feito papel de boba. Isso a enfureceu ainda mais e ela bateu na parede com as mãos, deu um pulo e começou a se vestir apressadamente. Não poderia continuar com a análise. Era muito difícil. Por que se preocupar, se ela não podia acrescentar nada ao fato óbvio de que tinha sido uma idiota?

"Não posso mais ficar neste quarto. Tenho que sair ou vou sufocar." Seu autoconhecimento aumentara sua angústia. Distraída, agitada, incapaz de se conter, ela escancarou gavetas e armários, tentando desesperadamente ter algum interesse na seleção de suas roupas.

Era noite e ainda chovia. Nas ruas, excepcionalmente desertas, as luzes elétricas lançavam brilhos opacos. Helga Crane, caminhando rapidamente, sem rumo, não conseguia decidir sobre um destino definido. Não tinha pensado em levar guarda-chuva ou mesmo galochas. A chuva e o vento a chicoteavam cruelmente, encharcando suas roupas e gelando seu corpo. Logo os sapatinhos tolos de cetim que ela usava ficaram ensopados. Ignorando esses desconfortos físicos, ela continuou, mas na esquina aberta da rua 138th, uma rajada de vento repentina e mais implacável arrancou o pequeno chapéu de sua cabeça. No minuto seguinte, as nuvens negras se abriram mais e derramaram sua água com uma fúria incomum. As ruas se transformaram em rios turbulentos. Helga Crane, esquecendo seu tormento mental, procurou ansiosamente por um táxi que lhe abrigasse. Alguns táxis passaram, mas já habitados, então ela começou a lutar desesperadamente contra o vento e a chuva em direção a um dos prédios, onde poderia se abrigar em uma loja ou portaria. Mas outro turbilhão de vento a açoitou e, desdenhoso de sua débil força, atirou-a na sarjeta inchada.

Então ela soube, sem sombra de dúvida, que não tinha desejo de morrer, e certamente não naquela hora e local. Não daquela maneira molhada e bagunçada. A morte perdera todos os seus aspectos pitorescos para a garota que jazia encharcada e suja na sarjeta inundada. Então, embora estivesse muito cansada e muito fraca, arrastou-se e por fim conseguiu abrir caminho para a loja cuja luz turva ela havia marcado como seu destino.

Havia aberto a porta e entrado antes de notar que, lá dentro, as pessoas cantavam uma música que ela tinha consciência de ter ouvido anos atrás — centenas de anos, ao que parecia. Repetida várias vezes, ela discerniu a letra:

*...Chuva de bênçãos,
Chuva de bênçãos...*

Estava também ciente de uma centena de pares de olhos sobre ela enquanto estava lá, encharcada e despenteada, à porta desta improvisada casa de reuniões.

...Chuvas de bênçãos...

A adequação da música, com sua constante referência a chuvas, o ridículo de si mesma em tal ambiente, foi demais para os nervos em frangalhos de Helga Crane. Ela sentou-se no chão, um monte disforme e gotejante e riu e riu.

Foi em meio a um silêncio em choque que ela riu. Pois ao primeiro tilintar histérico as palavras da canção morreram na garganta dos cantores, e o órgão roufenho ficou imóvel. Mas logo houve vozes solícitas abafadas; ela foi ajudada a se levantar e conduzida hesitantemente a uma cadeira perto da plataforma baixa na extremidade da sala. De um lado dela, uma mulher negra alta e angular sob um chapéu esquisito sentou-se, no outro, um homem gordo, amarelo, com enormes orelhas salientes e mãos compridas e nervosas.

O canto começou novamente, desta vez em uma lamúria baixinha:

*Oh, a amarga vergonha e tristeza
Da vez em que aconteceu*

Quando eu deixei a piedade do Salvador
Suplicar em vão e com soberba respondi:
"Tudo de si e nada de Ti,
Tudo de si e nada de Ti."
No entanto, Ele me encontrou, eu O contemplei,
Sangrando na árvore amaldiçoada;
Ouvi-O orar: "Perdoa-os, Pai"
Meu coração saudoso disse fracamente:
"Um pouco de si e um pouco de Ti,
Um pouco de si e um pouco de Ti"

Havia, ao que parecia, versos de lamento intermináveis. Atrás de Helga uma mulher tinha começado a chorar de forma audível, e logo, em algum outro lugar, outra. Lá fora, o vento ainda fustigava. A cantoria lamurienta continuava:

... Menos de si e mais de Ti,
Menos de si e mais de Ti.

Helga também começou a chorar, a princípio silenciosamente, baixinho; depois, com grandes soluços torturantes. Seus nervos estavam tão dilacerados, tão doloridos, seu corpo tão molhado, tão frio! Foi um alívio chorar sem restrições e ela se entregou livremente às lágrimas reconfortantes, sem perceber que os gemidos e soluços daqueles que a cercavam aumentaram, sem saber que a grotesca figura de ébano ao seu lado havia começado a acariciar suavemente seu braço ao ritmo do cantaria e a sussurrar baixinho: "Isso, minha filha! Isso, minha filha." Nem percebeu os olhares furtivos que o homem do outro lado lançava para ela entre seus gritos fervorosos de "Amém!" E "Louvado seja Deus para este pecador!"

Ela percebeu, porém, que o ritmo, a atmosfera do lugar, havia mudado e, gradualmente, ela parou de chorar e deu atenção ao que estava acontecendo a seu redor. Agora cantavam:

Jesus sabe de todos os meus problemas

Homens e mulheres balançavam e batiam palmas, gritavam e batiam os pés ao som da melodia francamente irreverente da canção. Sem avisos, a mulher ao seu lado tirou o chapéu, pôs-se de pé num salto, agitou os longos braços e gritou estridentemente: "Glória! Aleluia!" E então em fúria selvagem e em êxtase saltou para cima e para baixo diante de Helga, agarrando-se ao casaco encharcado da garota, e gritou: "Venha para Jesus, pobre pecadora perdida!" Alarmada por uma fração de segundo, Helga involuntariamente recuara do contato, se contorcendo para fora do casaco molhado quando ela não conseguia afrouxar o aperto da criatura enlouquecida. Ao ver os braços nus e o pescoço crescendo para fora do vestido vermelho colante, um arrepio sacudiu o homem balançando à sua direita. No rosto da mulher que dançava diante dela uma carranca de desaprovação se formou. Ela gritou: "Uma Messalina! Venha para Jesus, pobre Jezabel perdida!"

Nesse momento o homem baixo e marrom no púlpito ergueu a mão apaziguadora e sacramente pronunciou: "Relembrem as palavras de nosso Mestre: 'Que aquele que não tem pecado atire a primeira pedra'. Oremos por nossa irmã desgarrada."

Helga Crane estava assombrada, zangada, desdenhosa, lá sentada, ouvindo o pastor orar por sua alma. Mas embora ela desdenhasse, estava envolvida demais para ir embora. E lá era, pelo menos, quente e seco. Então ela permaneceu, ouvindo a fervorosa exortação a Deus para salvá-la e os zelosos gritos e gemidos da congregação. Estava particularmente interessada nas contorções e esperneios da parte feminina, que parecia predominar. Aos poucos, a performance adquiriu quase que uma veemência dionísica. Atrás dela, diante dela, ao lado dela, mulheres frenéticas gesticulavam, gritavam, choravam e cambaleavam ao som da oração do pregador, que aos poucos se tornava um canto cadenciado. Quando por fim terminou, outro assumiu o apelo no mesmo canto de gemidos, e depois outro. Continuou e continuou sem pausa com a persistência de alguma fé invencível exaltada além do tempo e da realidade.

Fascinada, Helga Crane assistiu até que se apoderou dela um horror indistinto de um mundo desconhecido. Ela se sentia na presença de um povo sem nome, observando ritos de uma origem remota e obscura. Os rostos dos homens e mulheres assumiram o aspecto de uma visão turva. "Isso", ela sussurrou para si mesma, "é terrível. Tenho que sair daqui." Mas o horror a paralisou. Permaneceu imóvel, assistindo, como se não tivesse forças para deixar o lugar — imundo, vil e terrível, com sua mistura de respirações, seu contato de corpos, suas convulsões, todas em apelo selvagem para uma única alma. Sua alma.

E enquanto Helga observava e ouvia, gradualmente uma curiosa influência a penetrou; ela sentiu um eco da estranha orgia ressoar em seu próprio coração; ela se sentiu possuída pela mesma loucura; ela também sentiu um desejo brutal de gritar e se jogar de um lado para o outro. Assustada com a força da obsessão, ela se preparou para um último esforço para escapar, mas em vão. Ao se levantar, a fraqueza e a náusea da tentativa malsucedida da noite anterior de se embriagar a derrotaram. Não havia comido nada desde o dia anterior. Caiu para a frente contra a grade tosca que encerrava a pequena plataforma. Por um único momento ela permaneceu lá numa quietude silenciosa, porque estava com medo de vomitar. E naquele momento se perdeu — ou foi salva. Os vultos ululantes vieram em sua direção, cercando-a por todos os lados. Enlouquecida, ela agarrou a grade e, sem nenhuma intenção definida, começou a gritar como uma louca, afogando todos os outros clamores, enquanto torrentes de lágrimas escorriam por seu rosto. Não tinha consciência das palavras que proferiu, ou de seu significado: "oh, Deus, misericórdia, misericórdia. Tenha misericórdia de mim!" mas os repetia indefinidamente.

Daqueles a seu redor veio uma saraivada de alegria. Os braços foram estendidos em sua direção com um frenesi selvagem. As mulheres se arrastavam de joelhos ou rastejavam pelo chão como répteis, soluçando, puxando os cabelos e rasgando as roupas. Aqueles que conseguiam chegar perto dela inclinaram-se para a frente para encorajar a infeliz irmã, derramando lágrimas quentes e gotas de suor nos seus braços e pescoço nus.

A coisa se tornou real. Uma calma milagrosa caiu sobre ela. A vida parecia se expandir e se tornar muito fácil. Helga Crane sentia dentro de si uma aspiração suprema pela recuperação da felicidade simples, uma felicidade aliviada pelas complexidades das vidas que havia conhecido. Ao redor dela o tumulto e a gritaria continuaram, mas em menor grau. Alguns dos adoradores mais exuberantes desmaiaram em massas inertes, as vozes de outros foram quase apagadas. Gradualmente, a sala ficou quieta e quase solene e, para a garota ajoelhada, o tempo pareceu mergulhar de volta na misteriosa grandeza e santidade de séculos distantes e mais simples.

Vinte e um

Ao deixar o templo Helga Crane voltou direto para seu quarto no hotel. Com ela foi o homem gordo e amarelado que se sentara ao lado dela. Ele havia se apresentado como o reverendo Sr. Pleasant Green ao oferecer sua escolta, pelo que Helga ficou grata porque ainda se sentia um pouco tonta e muito exausta. Tão grande era esse cansaço físico que, enquanto caminhava ao lado dele, sem dar atenção às informações prolixas dele sobre seu próprio "campo", como ele o chamava, foi tomada por uma odiosa sensação de vertigem e obrigada a agarrar-se com firmeza seu braço para não cair. A fraqueza passou tão repentinamente quanto havia surgido. Silenciosamente, seguiram em frente. E, aos poucos, Helga se lembrou que o homem ao lado dela havia se balançado ligeiramente naquele encontro, e que freneticamente, por um breve momento, ele agarrou uma grade protuberante de cerca. Aquele homem! Seria possível? Fácil assim?

Instantaneamente, no meio de sua consciência ainda meio hipnotizada, pequenos dardos ardentes da fantasia dispararam. Não. Ela não poderia. Seria horrível demais. Da mesma forma, o que ou quem estava lá para impedi-la? Nada. Simplesmente nada. Ninguém. Absolutamente ninguém.

Sua mente inquisitiva tornou-se em um momento bastante clara. Ela lançou ao homem um olhar especulativo, ciente de que por uma brecha ela espreitou sua mente, uma mente que se esforçava para se manter calma. Uma mente que tinha certeza de que era segura porque se preocupava apenas com as coisas da alma, as coisas espirituais, que para ele significavam coisas religiosas. Mas, na verdade, uma mente bem à vontade com o aspecto material das coisas, e naquele momento consumida por algum desejo de êxtase que poderia espreitar por trás do rubor de suas bochechas, a onda esvoaçante de seus cabelos, a pressão dos finos dedos dela em seu braço pesado. Uma visão instantânea que se fora tão rápida quanto viera. Escapou na dor de seus próprios sentidos e no medo súbito e perturbador de que ela mesma talvez tivesse perdido o segredo supremo da vida.

Afinal, não havia nada para impedi-la. Ninguém para se importar. Ela parou bruscamente, chocada com o que estava prestes a considerar. Chocada com aonde isso poderia levá-la.

O homem — qual era seu nome? — pensando que ela estava quase caindo de novo, estendeu os braços a ela. Helga Crane havia deliberadamente parado de pensar. Apenas sorriu, um leve sorriso provocador, e pressionou os dedos profundamente em seus braços até que um olhar selvagem apareceu em seus olhos ligeiramente injetados de sangue.

Na manhã seguinte, ficou deitada por um longo tempo, quase sem respirar, enquanto revia os acontecimentos da noite anterior. Curioso. Ela não poderia ter certeza de que não era a religião que a fazia se sentir tão diferente de ontem. E gradualmente foi ficando um pouco mais triste, porque percebeu que a cada hora se afastaria um pouco mais dessa nebulosidade calmante, desse descanso de suas longas atribulações de corpo e de espírito; de volta à nítida nudez de sua vidinha e do seu ser, do qual a felicidade e a serenidade sempre esvaíam tão rápido quanto se formavam. E lentamente a amargura se infiltrou em sua alma. Porque, ela pensou, tudo o que eu já tive na vida foram coisas — exceto por essa única vez. Com isso, ela fechou os olhos, pois até a lembrança a fazia estremecer um pouco.

E as coisas, ela percebeu, não tinham sido, não eram, suficientes para ela. Ela teria que ter algo além. Tudo voltava à velha questão da felicidade. Certamente era isso. Por um breve momento Helga Crane, seus olhos observando o vento espalhando as nuvens branco-acinzentadas e assim clareando uma fresta no céu azul, questionou sua capacidade de reter, de suportar, essa felicidade ao custo que ela precisaria pagar por ela. Sabia que não havia como fugir isso. A agitação do homem e a convicção sincera do pecado foram muito evidentes, muito esclarecedoras. A pergunta voltou em uma forma ligeiramente diferente. Valeu a pena o risco? Ela aguentaria? Seria capaz? Ainda que... o que importava isso agora?

E o tempo todo ela sabia em um canto de sua mente que tal pensamento era inútil. Havia tomado sua decisão. Sua resolução. Era sua oportunidade de ter estabilidade, permanente felicidade, e ela pretendia agarrá-la. Tinha deixado tantas outras coisas, outras oportunidades, escaparem. E de qualquer maneira, havia Deus; Ele faria, talvez, com que desse certo. Ainda confusa e não tão certa de que foi o fato de ter sido "salva" o que havia contribuído para esse sentimento posterior de bem-estar, ela agarrou a esperança, o desejo de acreditar que agora por fim ela tinha encontrado Alguém, algum Poder, que se interessava por ela. Que a ajudaria.

Ela queria, na verdade, uma vez na vida, ser prática. Naquele momento queria a certeza de ambas coisas: Deus e homem.

Seu olhar capturou o calendário sobre a mesinha branca. Dez de novembro. O vapor Oscar II partiria naquele dia. Ontem ela tinha pensamentos de partir nele. Ontem. Tão longe!

Com o pensamento do dia anterior, veio o pensamento de Robert Anderson e um sentimento de euforia, revanche. Ela já não precisava dele. Faria com que fosse impossível que ele se sentisse atraído por ela. Instintivamente, sabia que ele ficaria chocado. Ferido. Horrivelmente magoado até. Bem, que fique!

Logo a pressa tornou-se sua obsessão. Ela tinha que correr. A manhã estava quase indo embora. E tinha a intenção, se dependesse só dela, de se casar naquele dia. Ao levantar-se, foi tomada por um medo tão agudo que teve que se deitar novamente. Pois lhe ocorreu o pensamento de que poderia falhar. Poderia não ser capaz de enfrentar a situação. Isso seria terrível. Mas tornou a ficar calma. Como poderia uma criatura tão ingênua como ele resistir a ela? Se ela fingisse estar angustiada? Amedrontada? Arrependida? Ele não conseguiria. Seria inútil para ele tentar. Ela torceu o rosto em um pequeno sorriso, lembrando que mesmo que os protestos falhassem, haveria outras maneiras.

E, também, havia Deus.

VINTE E DOIS

E assim na confusão de um arrependimento sedutor Helga Crane casou-se com o grandiloquente Reverendo Sr. Pleasant Green, aquele homem amarelado com cara de rato que tão gentilmente, tão untuosamente, ofereceu escolta ao hotel dela na noite memorável de sua conversão. Com ele, ela, de boa vontade, e até avidamente, deixou os pecados e tentações de Nova York para trás, para, como ele disse, "trabalhar nas vinhas do Senhor" na pequena cidade do Alabama, onde ele era pastor de um rebanho disperso e primitivo. E onde, como esposa do pastor, ela seria uma pessoa de relativa importância. Relativa.

Helga não o odiava, nem a cidade, nem as pessoas. Não. Não por muito tempo.

Como sempre, a princípio a novidade da coisa, a mudança, a fascinou. Houve uma recorrência da sensação de que agora, finalmente, ela havia encontrado um lugar para si, que ela estava realmente vivendo. E tinha sua religião, que em seu novo status de esposa do pastor tornou-se uma necessidade real para ela. Ela acreditava. Porque, com a chegada da crença, veio também essa outra coisa, essa satisfação anestésica para seus sentidos. Sua união era, declarou para si mesma, uma união verdadeiramente espiritual. Desta única vez em sua vida, ela estava convencida, ela não agarrou-se a uma sombra e desconectou-se da realidade. Sentiu-se compensada por todas as humilhações e decepções anteriores e ficou contente. Se lhe voltasse à lembrança que já tivera alguma vez uma sensação como aquela, ela afastava a lembrança indesejável pensando que "desta vez tenho certeza. Desta vez vai durar."

Aceitou com avidez tudo, até aquele ar sombrio de pobreza que, curiosamente, era visto como virtuoso, por nenhuma outra razão que a de ser pobre em si. E em seu primeiro entusiasmo febril pretendia e planejava fazer o bem aos paroquianos de seu marido. Aquela jovem alegria e o entusiasmo pela elevação de seus semelhantes voltaram para ela. Ela queria subjugar a crua feiura a seu redor e transformá-la em beleza inofensiva, e ajudar as outras mulheres nisso. Também ajudaria com suas roupas, com muito tato, apontando que as tocas, não importa o quanto alegres, e os aventais, não importa quantos babados tivessem, não eram adequados para o culto na igreja aos domingos. Haveria um clube de costura. Ela via a si mesma instruindo as crianças, que pareciam na maioria das vezes correr soltas, para um comportamento mais adequado. Ansiava por ser uma verdadeira auxiliadora, pois em seu coração havia um sentimento de obrigação, de humilde gratidão.

Em seu ardor e sinceridade, Helga até fez alguns pequenos começos. É verdade que ela não teve muito sucesso na questão de inovações. Quando ela tentou interessar as mulheres no que ela considerava roupas mais adequadas e nas maneiras baratas de melhorar suas casas de acordo com suas ideias de beleza, ela sempre foi recebida com uma concordância sorridente e promessas de boa vontade. "Tem razão, senhora Green", "ah, com certeza, senhora Green", era o que ouvia, cortesmente, em casa visita.

Ela não sabia que depois elas sacudiriam a cabeça taciturnamente sobre as tinas e as tábuas de passar roupa. E que entre si eles falavam com humor, ou com raiva, daquela "nortista metida" e do "pobre Reverendo", que "teria feito coisa melhor se tivesse casado com Clementine Richards". Sem ficar sabendo de nada disso, Helga não se perturbava. Mas mesmo se soubesse, não ficaria desanimada. O fato de ser difícil apenas aumentava sua disposição e fazia com que valesse a pena. Às vezes, ela sorria ao pensar em como estava mudada.

E era humilde também. Mesmo diante de Clementine Richards, uma beleza negra e robusta de magníficas proporções amazônicas e ousados olhos brilhantes de dureza metálica. Uma pessoa de aparência incrível. Cheia de correntes, cordões de contas, pulseiras tilintantes, fitas esvoaçantes, colares de penas e chapéus floridos. Clementine tendia a tratar Helga com um desprezo apenas parcialmente disfarçado, considerando-a uma pobre criatura sem estilo, e sem a devida compreensão do valor e da grandeza daquele homem, o pastor adorado de Clementine, com quem Helga, de alguma forma, tivera a espantosa sorte de se casar. A admiração de Clementine pelo reverendo Pleasant Green era ostensiva. Helga ficou surpresa a princípio. Até que se deu conta de que realmente não havia razão para ser dissimulado. Todo mundo estava ciente disso. Além disso, a adoração escancarada era uma prerrogativa, um dever quase religioso, da parte feminina do rebanho. Se essa aprovação revelada e exagerada contribuía para sua pomposidade já exagerada, tanto melhor. Era o que esperavam, gostavam, queriam. Quanto maior se tornava seu senso de superioridade, mais lisonjeadas ficavam quando ele as notava e lhes prestava pequenas atenções; quanto mais elas lançavam nele olhares fatais, mais elas se agarravam extasiadas às palavras dele.

Nos dias anteriores à sua conversão, com o subsequente embaçamento de seu senso de humor, Helga poderia ter se divertido traçando a relação dessa constante cobiça e lisonja com as famílias proverbialmente numerosas dos pastores; o efeito muitas vezes desastroso em suas esposas exercido pela constante agitação dos sentidos por mulheres alheias. Naquele momento, porém, ela nem mesmo pensava nisso.

Estava muito ocupada. Cada minuto do dia era preenchido. Necessariamente. E para Helga foi uma experiência nova. Ficou encantada com isso. Ser senhora na própria casa, ter um jardim, galinhas e um porco; ter um marido — e estar "de bem com Deus" — que prazer teria aquele outro mundo, o que ela havia deixado, que poderia superar estes? Aqui, ela havia encontrado, tinha certeza, a coisa intangível pela qual, indefinidamente, sempre havia desejado. Aqui isso se concretizava. Ganhava corpo.

Tudo contribuiu para sua alegria de viver. E assim por um tempo ela amou tudo e todos. Ou pensou que amava. Até o clima. E era realmente adorável. Durante o dia, um sol dourado cintilante incrustado em um céu incrivelmente brilhante. Ao fim da tarde, botões de prata brotavam em um céu azul porcelana, e o dia quente era suavemente arrefecido por uma leve brisa fresca. E à noite! À noite, uma lua lânguida espreitava pelas janelas escancaradas de sua casinha, um tanto zombeteira. Sempre que a noite ia caindo, Helga ficava perplexa com uma perturbadora mistura de sentimentos. Desafio. Antecipação. E um pequeno medo.

De manhã, ela estava serena novamente. A paz havia retornado. E ela retomava com alegria, inexperiente, as tarefas humildes de sua casa: cozinhar, lavar louça, varrer, espanar, consertar e cerzir. E havia o jardim. Quando lá trabalhava, sentia que a vida era totalmente preenchida com a glória e a maravilha de Deus.

Helga não ficava refletindo sobre esse sentimento, como naquela época não refletia sobre nada. Bastava o sentimento estar lá, colorindo todos os seus pensamentos e atos. Ele dotou os quatro cômodos de sua feiosa casa marrom com um brilho amável, obliterando a nudez total de suas paredes de gesso branco e a nudez de seus pisos pintados sem revestimento. Ele até suavizou as linhas toscas da mobília de carvalho brilhante e subjugou a terrível feiura das pinturas religiosas.

E todas as outras casas e barracões compartilhavam daquela iluminação. E as pessoas. As mulheres escuras e sem adornos, incessantemente preocupadas com as questões da vida real, suas rodadas de nascimentos e batizados, de amores e casamentos, de mortes e funerais, eram para Helga milagrosamente belos. A menor das crianças marrons, descalça no campo ou nas estradas lamacentas, era para ela um emblema da maravilha da vida, do amor e da bondade de Deus.

Para o pastor, seu marido, ela tinha um sentimento de gratidão que quase chegava ao pecado. Para além disso, ela nada pensava sobre ele. Mas não tinha consciência de que o havia excluído de sua mente. Além disso, para que pensar nele? Ele estava lá. Ela estava em paz e segura. Certamente suas duas vidas eram uma, e a companhia na graça do Senhor tão perfeita que pensar sobre isso seria provocar a Providência. Não precisava mais se questionar.

O que importava que ele consumisse sua comida, mesmo as variedades mais macias, de forma audível? O que importava que, embora ele não trabalhasse com as mãos, nem mesmo no jardim, suas unhas estivessem sempre com a ponta preta? O que importava que ele deixasse de lavar seu corpo gordo, ou de mudar de roupa, com a mesma frequência que Helga? Havia coisas que mais do que compensavam isso tudo. Na certeza de sua bondade, sua retidão, sua santidade, Helga de alguma forma superou seu primeiro desgosto com o cheiro de suor e roupas encardidas. Foi capaz até de não perceber. A si mesma, Helga passou a se considerar uma pessoa mimada e chamativa de preconceitos e enfeites desnecessários. E quando ela se sentava na estrutura lúgubre — que outrora fora um estábulo pertencente a um homem rico com cavalos de corrida e onde o cheiro de estrume ainda emanava, e que agora a igreja e o centro social dos negros da cidade — para ouvi-lo expor com extravagância verbal o evangelho de sangue e amor, do inferno e do céu, das ruas de fogo e ouro, socando com os punhos cerrados o frágil púlpito diante dele ou sacudindo os punhos na face da congregação como ameaças pessoais diretas, ou caminhando para a frente e para trás e até mesmo às vezes derramando grandes lágrimas enquanto implorava que se arrependessem, ela estava, disse a si mesma, orgulhosa e satisfeita por ele pertencer a ela. De alguma forma estranha, ela foi capaz de ignorar a atmosfera de auto satisfação que emanava dele como gás de um cano vazando.

E a noite chegava no final de cada dia. Emocional, palpitante, amorosa, tudo o que vivia nela brotou como erva daninha no pensamento formigante da noite, com uma vitalidade tão forte que devorou todos os brotos da razão.

VINTE E TRÊS

Após os primeiros meses excitantes, Helga estava demasiado motivada, demasiado ocupada e demasiado doente para realizar qualquer uma das coisas para as quais ela havia feito planos tão entusiásticos, ou mesmo para se preocupar por ter feito apenas pequenos progressos em direção à realização. Pois ela, que nunca pensara em seu corpo a não ser como algo sobre o qual pendurar tecidos lindos, agora tinha de pensar constantemente sobre ele. Precisava ser persistentemente mimado para garantir até mesmo um pequeno serviço. Ela sempre se sentia extraordinariamente e irritantemente doente, tendo sempre que afundar nas poltronas. Ou, se ela estava fora, ter que parar na beira da estrada, agarrando-se desesperadamente a alguma cerca ou árvore conveniente, esperando que a náusea horrível e o desvanecimento odioso passassem. Os dias leves e despreocupados do passado, quando ela não se sentia pesada e relutante ou fraca e exausta, ficavam para trás, com uma indefinição crescente, como um sonho que se esvaía de uma memória fraca.

As crianças a esgotavam. Já eram três, todas nascidas no curto espaço de vinte meses. Dois grandes meninos gêmeos saudáveis, cujos corpos adoráveis eram para Helga como figuras raras esculpidas em âmbar e em cujos olhos negros sonolentos e misteriosos tudo o que era intrigante, evasivo e indiferente na vida parecia encontrar expressão. Não importa quantas vezes ou por quanto tempo ela olhava para seus dois filhinhos, nunca perdia um certo sentimento delicioso em que se misturavam orgulho, ternura e exaltação. E havia uma menina, doce, delicada, uma flor. Não tão saudável ou tão amada quanto os meninos, mas ainda milagrosamente seu orgulho e bem precioso.

Portanto, não havia tempo para a busca da beleza, ou para melhorar a vida das outras mulheres atormentadas e fervilhantes, ou para instruir os filhos que elas negligenciavam.

Seu marido ainda era, como sempre fora, respeitosamente gentil e incrivelmente orgulhoso dela — e verbalmente encorajador. Helga tentou não ver que ele tinha perdido qualquer interesse pessoal por ela, exceto pelos períodos entre os momentos em que ela estava se preparando ou se recuperando do parto. Ela fechou os olhos para o fato de que seu incentivo havia se tornado um pouco banal, limitado principalmente a "O Senhor cuidará de você", "Devemos aceitar o que Deus envia" ou "Minha mãe teve nove filhos e era grata por todos." Se ela estivesse inclinada a perguntar como eles iriam conseguir lidar com outra criança no caminho, ele diria a ela que a dúvida e a incerteza eram uma ingratidão estupenda. O bom Deus não salvou sua alma do fogo do inferno e da condenação eterna? Ele não tinha em Sua grande bondade dado a ela três pequenas vidas para criar, para Sua glória? Ele não tinha despejado nela numerosas outras graças (evidentemente numerosas demais para serem nomeadas separadamente)?

"Você precisa", diria o reverendo Sr. Pleasant Green obsequiosamente, "confiar mais no Senhor, Helga."

Aquela parolagem insípida não a irritava. Talvez fosse o fato de o pastor não ficar, agora, tanto tempo em casa o que lhe conferia um certo conforto. As adoradoras de seu rebanho, notando que, com que frequência cada vez maior, a casa do seu pastor ficava sem ser varrida ou lavada, seus filhos sujos e sua esposa desarrumada, sentiam pena dele e o convidavam frequentemente para refeições saborosas, especialmente preparadas para ele, em seus casas limpas.

Helga, olhando com desânimo desamparado e nojo doentio a desordem ao seu redor, o permanente arranjo dos frascos de remédios parcialmente vazios na prateleira do relógio, a coleção perpétua de roupas de bebê secando nos espaldares das cadeiras, os destroços constantes de brinquedos quebrados no chão, o amontoado incessante de flores meio mortas sobre a mesa, arrancadas pelos gêmeos pequeninos do jardim abandonado, falhou em culpá-lo pelo egoísmo impensado dessas ausências. E ela agradecia por, sempre que possível, ser aliviada da obrigação de cozinhar. Houve momentos em que, tendo que se retirar da cozinha em uma pressa desajeitada por causa do nariz sensível, que os dedos fechavam em pinça, ela tinha certeza de que a maior bondade que Deus poderia mostrar a ela seria libertá-la para sempre da visão e do cheiro de comida.

Como, ela se perguntou, outras mulheres, outras mães, conseguiam? Seria possível que, mesmo apresentando rostos tão sorridentes e contentes, todas estivessem sempre no limite da saúde? Todas sempre esgotadas e apreensivas? Ou seria somente ela, uma pobre criatura urbana, que sentia que a pressão — daquilo que o reverendo Sr. Pleasant Green tantas vezes gentil e pacientemente a recordava serem uma coisa natural, um ato de Deus— era para ela quase insuportável?

Um dia, em sua ronda de visitas — uma obrigação da igreja, a ser cumprida por mais infeliz que se estivesse — ela reuniu coragem suficiente para perguntar a várias mulheres como se sentiam, como se comportavam. As respostas foram um dar de ombros resignado, uma bufada divertida ou um rolar de olhos para cima com uma menção de o Senhor estar cuidando de todas nós.

"Isso não é nada, minha filha", disse uma delas, Sary Jones, que, como Helga sabia, tivera seis filhos em menos de seis anos. "Vocês todas levam isso muito a sério. É só lembrar que é natural para uma mulher ter filhos assim e não se preocupar tanto assim."

"Mas", protestou Helga, "estou sempre tão cansada, passando mal. Isso não pode ser natural."

"Por Deus, minha filha! E acho que vamos todas estar exaustas até chegar o dia do Reino dos Céus. É só fazer o melhor que puder, querida. Faça o melhor que puder."

Helga suspirou, desviando o nariz do café fumegante que sua anfitriã tinha colocado para ela e contra o qual seu estômago melindroso estava prestes a se revoltar.

No momento, as compensações da imortalidade pareciam muito sombrias e muito distantes.

"Lembre-se disso", continuou Sary, encarando com firmeza o rosto fino de Helga, "nós vamos todas conseguir o descanso. No mundo que virá seremos todas recompensadas. É só colocar sua fé no Salvador."

Olhando para o rosto confiante do pequeno rosto cor de bronze no lado oposto da mesa imaculadamente estendida, Helga teve uma sensação de vergonha por não estar contente. Porque ela não tinha a confiança e a certeza que seus problemas não a iriam sobrepujar, como tinha Sary? Sary, que com toda probabilidade labutara todos os dias de sua vida desde a primeira infância, exceto naqueles dias, no total talvez uns sessenta, após o nascimento de cada um de seus seis filhos. E que, por meio de economias sobre-humanas, de alguma forma conseguiu alimentá-los, vesti-los e enviá-los à escola. Diante dela, Helga se sentia humilhada e oprimida pela sensação de sua própria inutilidade e falta de fé.

"Obrigada, Sary", disse ela, levantando-se para se afastar do café, "você me fez muito bem. Vou tentar muito ser mais paciente."

Portanto, ainda que com um desejo crescente ansiasse pelas grandes coisas da vida ordinária: ter apetite, dormir, estar livre da dor, ela se resignou a viver sem elas. A possibilidade de aliviar seus fardos por meio de uma fé maior alojou-se em sua mente. Ela se entregou a isso. Isso de fato ajudou. E a beleza de se apoiar na sabedoria de Deus, de confiar, deu-lhe uma estranha espécie de satisfação. A fé é realmente muito fácil. Bastava se entregar. Não fazer perguntas. Quanto mais cansada, mais fraca ela ficava, mais fácil ficava. Sua religião era para ela uma espécie de anteparo protetor, protegendo-a da luz cruel de uma realidade insuportável.

Essa rendição absoluta na fé que lhe fora ungida, também lhe favoreceu, aos olhos de seus vizinhos. O rebanho de seu marido começou a aprovar e a elogiar essa submissão e humildade perante uma sabedoria superior. As mulheres falavam de maneira mais gentil e afetuosa da esposa nortista do pastor. "Pobre da senhora Green, com todos esses filhos pequenos ao mesmo tempo. É duro para ela. E ela nunca reclama ou fala mal. Só confia no Senhor como está escrito no Bom Livro. Uma mulher forte e gentil".

Helga não se preocupou muito com os preparativos para a vinda do filho. Literal e figurativamente, ela curvou a cabeça diante de Deus, confiando n'Ele para lhe acudir. Secretamente, estava feliz por não ter que se preocupar consigo mesma ou com qualquer outra coisa. Foi um alívio poder colocar toda a responsabilidade sobre outra pessoa.

Vinte e quatro

Teve início, esta gravidez seguinte, durante o culto matinal de um domingo quente e sufocante, enquanto o fervoroso solista do coro cantava: "Fui libertado das tristezas", e durou até as primeiras horas da manhã de terça-feira. Parecia, por algum motivo, não ir do jeito certo. E quando, após aquele longo terror, o quarto bolinho de humanidade âmbar com que Helga contribuía para uma raça desprezada foi apresentado a ela para aprovação materna, ela falhou inteiramente em responder adequadamente a este sopro de consolação pelo sofrimento e horror pelos quais ela havia passado. Não houve dela nenhum sorriso orgulhoso e satisfeito, nenhum gesto de amor ou posse, nenhuma manifestação de interesse nas importantes questões sobre o sexo e peso. Em vez disso, fechou os olhos deliberadamente, afastando silenciosamente o bebê doentio, seu pai sorridente, a parteira suja, os vizinhos curiosos e o quarto bagunçado.

Por uma semana ela ficou assim deitada. Silenciosa e apática. Ignorando a comida, as crianças que clamavam por ela, as idas e vindas de mulheres solícitas e bondosas, seu marido que pairava sobre ela e toda a vida ao seu redor. Os vizinhos ficaram confusos. O reverendo Sr. Pleasant Green estava preocupado. A parteira estava assustada.

No chão, dentro e fora da mobília e debaixo da cama, os gêmeos brincavam. Ansiosas por ajudar, as mulheres da igreja aglomeraram-se e, ali encontrando outras na mesma louvável missão, ficaram para fofocar e especular. Ansioso, o pastor permanecia sentado, com a Bíblia nas mãos, ao lado da cama de sua esposa, ou de uma maneira nervosa e meio culpada convidava os paroquianos congregados a se juntarem a ele em oração pela cura da irmã. Então, ajoelhando-se, imploravam a Deus que estendesse Sua mão todo-poderosa em favor da aflita, timidamente a princípio, mas com crescente veemência, acompanhada de gemidos e lágrimas, até que parecia que o Deus a quem oravam devia dar misericórdia ao sofredor concedendo grande alívio. Se ao menos ela pudesse se levantar e escapar do tumulto, do calor e do cheiro.

Helga, no entanto, estava alheia, sem se perturbar com a comoção ao seu redor. Tudo fazia parte da irrealidade geral. Nada a atingia. Nada penetrava na escuridão gentil para a qual seu espírito ferido havia se retirado. Nem mesmo aquele acontecimento marcante, a vinda do velho médico branco da cidade, que por muito tempo falou em tom grave com o marido, despertou nela o interesse. Nem por dias ela ficou sabendo que uma estranha, uma enfermeira vinda de Mobile, fora acrescentada a seu lar, uma mulher bruscamente eficiente que produzia ordem no caos e silêncio na loucura. Nem a ausência das crianças, removidas por bons vizinhos por insistência da Srta. Hartley, a impressionou. Enquanto ela afundava naquela escuridão terrível de dor, o lastro de seu cérebro se soltou e ela pairou por um longo tempo em algum lugar naquela deliciosa fronteira à beira da inconsciência, um lugar encantado e feliz onde a paz e a incrível quietude a engolfavam.

Depois de semanas, ela melhorou, voltou à terra, pôs os pés relutantes no difícil caminho da vida novamente.

"Bem, aí está você! anunciou a Srta. Hartley com sua voz ligeiramente áspera uma tarde, pouco antes do cair da noite. Ela estava há algum tempo ao lado da cama, olhando para Helga com um olhar atento e especulativo.

"Sim", Helga concordou com uma vozinha fina, "estou de volta." A verdade é que ela já estava de volta fazia algumas horas. Propositalmente, ela ficara quieta e parada, desejando permanecer para sempre naquele refúgio sereno, naquela calma sem esforço onde nada se esperava dela. Lá ela podia observar os vultos do passado passando. Lá estava sua mãe, a quem ela tinha amado à distância e a quem finalmente culpou com tanto desprezo, que lhe apareceu como ela sempre se lembrava dela: incrivelmente bela, jovem e alheia. Robert Anderson, inquisitivo, propositalmente distanciado, afetando, como ela percebeu agora, sua vida em um grau notavelmente cruel; pois finalmente ela entendeu claramente quão profundamente, quão apaixonadamente, ela deve tê-lo amado. Anne, adorável, segura, sábia, egoísta. Axel Olsen, presunçoso, mundano, mimado. Audrey Denney, lânguida, agarrando calmamente e sem estardalhaço as coisas que queria. James Vayle, esnobe, presunçoso, servil. Sra. Hayes-

-Rore, pomposa, gentil, determinada. Os Dahls, ricos, corretos, em ascensão. De forma intermitente, fragmentada, outras figuras há muito esquecidas, mulheres em vestidos elegantes alegres e homens em preto e branco formal, deslizavam em salas iluminadas ao som de música distante e vagamente familiar.

Era refrescante e deliciosa essa imersão no passado. Mas chegara ao fim. Tinha acabado. As palavras de seu marido, o reverendo Sr. Pleasant Green, que estava de pé na janela olhando tristemente para o canteiro de melão chamuscado, arruinado porque Helga ficou doente por muito tempo e foi incapaz de cuidar dele, eram a confirmação disso.

"Louvado seja o Senhor", disse ele, e aproximou-se. Foi nitidamente desagradável. Foi ainda mais desagradável sentir a mão úmida dele na dela. Um calafrio percorreu seu corpo. Ela fechou os olhos. Obstinadamente e com toda a pouca força que tinha, afastou a mão dele. Escondeu-a bem embaixo da colcha e virou o rosto para ocultar uma careta de aversão intransponível. Ela não se importava, naquele momento, com a surpresa magoada dele. Sabia apenas que, na horrível agonia daquelas intermináveis horas — não, séculos — que ela suportara, o brilho da religião havia desaparecido; que aquela repulsa se apoderou dela; que ela odiava este homem. Entre eles havia se interposta a vastidão do universo.

A Srta. Hartley, que tudo via e instantaneamente se deu conta da situação, assim como sabia que sua paciente estava consciente por algum tempo antes que ela mesma anunciasse o fato, interveio, dizendo com firmeza: "Acho que seria melhor se você não tentasse falar com ela agora. Ela está terrivelmente doente e fraca ainda. Ela ainda tem um pouco de febre e não devemos excitá-la, ou ela pode voltar a fica mal. E não queremos isso, não é?"

Não, o homem, o marido dela, respondeu, eles não queriam. Com relutância, ele saiu da sala com um último olhar para Helga, que estava deitada de costas com a mão frágil e pálida sob a cabeça pequena, o cabelo preto encaracolado espalhado solto no travesseiro. Ela o espreitou por trás das pálpebras caídas. O dia estava quente, seus seios estavam cobertos apenas por uma camisola de crepe transparente, uma relíquia dos dias pré matrimoniais, que escorregara de um ombro esculpido. Ele recuou. Os lábios petulantes de Helga se curvaram, pois ela sabia muito bem que esse novo lembrete de que ela era desejável foi para ele como um chicote.

A Srta. Hartley fechou cuidadosamente a porta após o marido se retirar. "É hora", disse ela, "do seu tratamento noturno, e então você tem que tentar dormir um pouco. Chega de visitas por hoje."

Helga assentiu e tentou, sem sucesso, sorrir. Ela estava feliz com a presença da Srta. Hartley. Isso, sentiu, a protegeria muito. Ela não deveria, pensou consigo mesma, ficar boa tão rápido assim. Já que, ao que parecia, ela iria ficar boa. Na cama ela poderia pensar, poderia ter uma certa quantidade de sossego. De estar sozinha.

Naquele período de dor terrível e medo calamitoso, Helga aprendera o que a paixão e a credulidade podiam fazer a alguém. Nela nasceu a amargura raivosa e um desgosto enorme. O sofrimento cruel e incessante derrubara o muro protetor da fé artificial na sabedoria divina, na misericórdia de Deus. Pois então ela não havia clamado por Ele em sua agonia? E Ele não lhe dera ouvidos. Por quê? Porque, ela sabia agora, Ele não estava lá. Não existia. Naquele período de brutalidade indescritível havia se ido, também, sua crença no milagre e maravilha da vida. Apenas o desprezo, o ressentimento e ódio permaneceram — e o ridículo. A vida não era um milagre, uma maravilha. Era, pelo menos para os negros, apenas uma grande decepção. Algo a ser transposto da melhor maneira possível. Ninguém estava interessado neles ou em ajudá-los. Deus! Bah! E eles eram apenas um incômodo para outras pessoas.

Tudo em sua mente era quente e frio, remoendo e girando. Dentro de seu corpo emagrecido, grassava a desilusão. Turbulência caótica. Com a cortina obscura da religião rasgada, ela foi capaz de olhar ao redor e ver com os olhos chocados aquilo que ela havia feito a si mesma. Ela não podia, pensou ironicamente, culpar a Deus por isso, agora que sabia que Ele não existia. Não. Tampouco poderia orar a Ele pela morte de seu marido, o reverendo Sr. Pleasant Green. O Deus do homem branco. E Seu grande amor por todas as pessoas, independentemente da raça! Que tolice idiota ela se permitiu acreditar. Como ela poderia, como alguém poderia ter ficado tão iludida? Como dez milhões de negros poderiam dar crédito a isso quando diariamente, diante de seus olhos, era encenada essa contradição? Não que ela se importasse com os dez milhões.

Mas com ela mesma. Com seus filhos. Sua filha. Estes iriam crescer até a masculinidade, à feminilidade, nesta terra viciosa e hipócrita. Os olhos escuros cheios de lágrimas.

"Eu não faria isso", a enfermeira aconselhou, "se eu fosse você. Esteve terrivelmente doente, você sabe. Não posso deixar que se preocupe. Vai ter tempo suficiente para isso quando estiver bem. Agora você deve dormir todo o máximo que conseguir."

Helga de fato dormiu. Achou surpreendentemente fácil dormir. Ajudada pelo discernimento um tanto magistral da Srta. Hartley, ela aproveitou a facilidade com que esse bendito encantamento a tomou. Dos elogios, orações e carícias do marido, ela buscava refúgio no sono e também dos presentes, conselhos e solidariedade dos vizinhos.

Houve aquele dia em que lhe contaram que o último bebê doentio, nascido de tão fútil tortura e tormento prolongado, morrera após uma curta semana de vida frágil. Apenas fechou os olhos e morreu. Sem vitalidade. Ao ouvir isso, Helga também apenas fechou os olhos. Para não morrer. Ela estava convencida de que diante dela havia anos de vida. Talvez até de felicidade. Pois uma nova ideia lhe ocorreu. Ela tinha fechado os olhos para reprimir qualquer expressão que indicasse o alívio que sentia. Um a menos. E ela adormeceu.

E houve aquela manhã de domingo em que o reverendo Sr. Pleasant Green a informara de que naquele dia haveria um culto especial de ação de graças por sua recuperação. Haveria, disse ele, orações, testemunhos especiais e canções. Havia algo em particular que ela gostaria que dissessem, orassem, ou cantassem? Helga sorriu de pura diversão ao responder que não havia nada. Nada mesmo. Ela só esperava que eles aproveitam bem. E, fechando os olhos para que ele não se animasse a falar mais, ela adormeceu.

Acordando mais tarde com o som de alegre entusiasmo religioso flutuando pelas janelas abertas, ela pediu um pouco timidamente para que lhe deixassem ler. As sobrancelhas espessas da Srta. Hartley se contraíram, uma careta de dúvida. Depois de uma pausa criteriosa, respondeu: "Não, acho que não." Então, vendo as lágrimas rebeldes que brotaram dos olhos da paciente, acrescentou com gentileza: "Mas posso ler um pouco para você, se quiser."

Isso, Helga respondeu, seria bom. Na sala ao lado, em uma prateleira alta, havia um livro. Ela havia esquecido o nome, mas o autor era Anatole France. Havia um conto, "O procurador da Judeia". Senhorita Hartley poderia ler esse? "Obrigada. Muito obrigada".

"Lælius Lamia, nascida na Itália de pais ilustres...", começou a enfermagem em sua voz levemente severa.

Helga sorveu as palavras.

"...Pois até hoje as mulheres trazem pombas ao altar como suas vítimas..."

Helga fechou os olhos.

"... A África e a Ásia já nos enriqueceram com um número considerável de deuses ..."

A Srta. Hartley ergueu os olhos. Helga havia adormecido enquanto o final soberbamente irônico que ela tanto desejava ouvir ainda estava muito longe. Um conto enfadonho, foi a opinião da Srta. Hartley, enquanto curiosamente, virava as páginas para ver como acabava.

Jesus? ... Jesus, de Nazaré? Não consigo lembrar-me dele.

"Huh! Ela murmurou, confusa." Que bobagem. "E fechou o livro.

VINTE E CINCO

Durante o longo processo de recuperação, entre os intervalos oníricos em que era assolada pelo desejo insistente de dormir, Helga tivera muito tempo para pensar. A princípio, sentiu apenas uma raiva atônita do atoleiro em que se metera. Havia arruinado sua vida. Tornou impossível fazer as coisas que queria, ter as coisas que amava, misturar-se com as pessoas de quem gostava. Ela tinha, para dizer o mais brutalmente possível, sido uma idiota. O pior tipo de idiota. E pagou por isso. Bastante. Mais do que o bastante.

Sua mente, oscilando de volta para a proteção que a religião tinha proporcionado a ela, quase desejou não ter perdido a fé. Era uma ilusão. Sim. Mas melhor, muito melhor que aquela terrível realidade. A religião tinha, é verdade, sua utilidade. Entorpecia as percepções. Afastava a vida das verdades mais cruéis. E certamente tinha utilidade para os pobres, e os pretos.

Para os pretos. Os negros.

E era isso, Helga decidiu, que afligia toda a raça negra nos Estados Unidos, esse inútil credo no Deus dos homens brancos, essa crença infantil na compensação integral por todos os problemas e privações, quando chegar o "reino dos céus". A convicção absoluta de Sary Jones, "no mundo que virá seremos todas recompensadas", voltou-lhe à mente. E dez milhões de almas estavam tão certas disso quanto estava Sary. E como o Deus dos brancos deveria estar gargalhando da grande piada que tinha armado para eles! Prendê-los à escravidão, e depois, à pobreza e o escárnio, e fazê-los suportar isso sem resistência, quase sem reclamar, por conta das doces promessas das mansões no Céu e por aí vai.

"Um doce pedaço do céu", Helga disse em voz alta zombeteiramente, esquecendo por um momento a presença vigorosa da Srta. Hartley, e por isso ficou um pouco surpresa ao ouvir a voz na sala ao lado dizendo severamente: "Meu Deus! Não! Devo dizer que você não pode comer torta. É muito indigesto. Talvez quando estiver melhor..."

"Pois é," concordou Helga, "é como eu disse. Torta... e por aí vai. Esse é o problema."

A enfermeira olhou preocupada. Seria uma recaída se aproximando?

Chegando ao lado da cama, ela sentiu o pulso de sua paciente enquanto lhe dava um olhar investigativo. Não. "É melhor você", advertiu, com um leve tom de irritação, "tentar tirar um cochilo. Você não dormiu hoje e não pode fazer muita coisa assim. Você tem que ficar forte, sabe disso."

Com isso Helga concordou plenamente. Parecia que havia centenas de anos desde que ela estivera forte. E precisaria da força. Pois, de alguma forma, ela estava determinada a sair desse pântano em que havia se desgarrado. Ou então... iria morrer. Ela não suportaria. Seu sufocamento e ódio reprimido eram demais. Insuportáveis. Novamente. Pois ela tinha que admitir que aquilo não era novo, aquele sentimento de insatisfação, de asfixia. Algo parecido com o que havia experimentado antes. Em Naxos. Em Nova York, em Copenhague. A diferença agora era apenas o grau. E era no presente, portanto, aparentemente mais razoável. As outras repulsas ficaram no passado e agora menos explicáveis.

Pensar em seu marido despertou nela um ódio profundo e desdenhoso. A cada aproximação dele, ela tinha dominar à força uma tendência furiosa de gritar em protesto. A vergonha também a dominou a cada pensamento sobre seu casamento. Casamento. Esta coisa sagrada sobre a qual párocos e outros cristãos discursaram com tanta hipocrisia, que imoral — de acordo com seus próprios padrões — poderia ser! Mas Helga também sentia uma partícula de pena dele, como de alguém já abandonado. Ela pretendia deixá-lo. E foi, ela tinha que admitir, tudo por sua própria causa, esse casamento. Mesmo assim, ela o odiava.

Os vizinhos e o pessoal da igreja também tiveram sua parte no ódio que a envolvia. Ela odiava suas risadas estridentes, sua aceitação estúpida de todas as coisas e sua confiança inabalável no "Senhor". E mais do que todo o resto, ela odiava a espalhafatosa Clementine Richards, com seus sorrisos provocantes, porque ela não tinha conseguido casar-se com o pastor e, assim, salvá-la, Helga, desse cúmulo da idiotice.

Nas crianças, Helga tentava não pensar. Não queria deixá-los, se fosse possível. A lembrança de sua própria infância, solitária, não amada, voltou-lhe pungente demais para que ela considerasse uma tal solução de forma calma. Ainda que se forçasse a acreditar que agora era diferente. Não havia o elemento de raça, de branco e preto. Eram todos pretos juntos. E eles teriam o pai. Mas deixá-los seria uma agonia excruciante, uma dilaceração das fibras mais profundas. Sentiu que por todo o resto de sua vida ouviria o grito de "mamãe, mamãe, mamãe", noites insones afora. Não. Ela não podia abandoná-los.

Como, então, poderia escapar da opressão, da degradação em que sua vida havia se tornado? Era tão difícil. Terrivelmente difícil. Quase desesperador. Então, por um tempo — no presente imediato, disse a si mesma — deixou de lado a elaboração de qualquer plano para sua partida. "Ainda estou", argumentou, "muito fraca, muito doente. Aos poucos, quando estiver realmente forte..."

Era tão fácil e tão agradável pensar sobre liberdade e cidades, sobre roupas e livros, sobre o cheiro doce misturado de perfumes Houbigant e cigarros em salas suavemente iluminadas preenchidas com tagarelice e risos inconsequentes e música sofisticada sem melodias. Era tão difícil pensar em uma maneira viável de recuperar todas essas coisas agradáveis e desejadas. Naquela hora. Mais tarde. Quando se erguesse. Aos poucos. Ela precisava descansar. Ficar forte. Dormir. Então, depois, ela daria algum jeito. Então adormeceu e sonhou em fragmentos entre sono e vigília, deixando o tempo passar. Distante.

E mal havia deixado seu leito e voltado a poder andar sem dor, mal haviam as crianças voltado das casas dos vizinhos, quando ela começou a ter seu quinto filho.

UMA PESSOA DE COR EM UM
MUNDO EM PRETO E BRANCO

Quando Nella Larsen faleceu, em 1964, deixou pouca coisa para trás: um apartamento, dois romances fora de catálogo, alguns contos e cartas. Não tinha filhos, estava divorciada e seu único parente era uma meia-irmã que, quando soube que herdaria os bens de Nella disse nem saber da existência dela.

Ao longo da vida, a presença de Nella Larsen ou era ignorada — quando ela era tratada como invisível — ou era destacada, como uma peça que ninguém sabia onde encaixar. Não havia meios tons naquela sociedade para uma pessoa que não era nem branca, nem negra.

"Larsen" é um nome nórdico. Sua mãe, costureira de profissão, era uma imigrante da Dinamarca. Seu pai vinha das colônias dinamarquesas no Caribe, onde os conceitos de "branco" e "negro" não eram tão peremptórios. Era mestiço e, segundo alguns biógrafos, passava-se por (ou achava-se) branco. Mas enfim ele desapareceu quando ela tinha dois anos (ela diz que morreu) e sua mãe casou-se com outro imigrante dinamarquês, com quem teve uma filha e foram morar em um subúrbio de operários em Chicago. Uma família branca, em um bairro de escandinavos, com uma filha negra.

Como membro de uma família imigrante branca, ela não tinha entrada no mundo dos negros. Nunca poderia ser branca como sua mãe ou irmã e tampouco poderia ser negra. O seu lugar era uma não-terra, irreconhecível historicamente e dolorosa demais para ser escavada.

Daryl Pinckney

Nella lembra-se de viver na Dinamarca quando criança e só no fim da adolescência viu-se em seu "outro" lugar, quando partiu para o Tennessee, inscrita no curso de "normalistas" da historicamente negra Universidade Fisk (que, em *Areia movediça* foi relocada para a Georgia com o nome "Naxos"). Foi a primeira vez que viu-se cercada por gente mais escura que ela e isso, parece, foi sua opção para o resto da vida: de lá foi estudar enfermagem no Bronx, em um programa voltado para enfermeiras negras (estavam em alta demanda, por conta da Primeira Guerra) e praticou o ofício no Alabama. Do retrógrado Sul dos Estados Unidos mudou-se para a mais progressiva das cidades, Nova York, onde conheceu Elmer Imes, o segundo afro-americano a receber um PhD em física, que logo se tornaria seu marido. Brilhante, mestiço como ela, entusiasta da identidade "negra" mas propenso a traí--la com uma mulher de pele mais clara. Com o casamento, Nella entrou na "Sociedade Negra", um grupo de elite (intelectual e econômica) do Harlem.

Naquele grupo de doutores e professores universitários Nella, que tinha apenas o curso técnico de enfermagem, sentiu-se mais uma vez deslocada e, em meio a tantos poetas e romancistas, resolveu escrever também. Foi estudar biblioteconomia e foi voluntária em bibliotecas da cidade. Enquanto isso, ia rascunhando os primeiros contos que mostrava aos amigos, muitos deles figuras proeminentes no *Harlem Renaissance*.

A "Renascença do Harlem" foi um movimento intelectual, social e artístico que explodiu na parte norte e negra de Manhattan, ao longo dos anos 1920, voltado para a afirmação (ou criação) da identidade afro--americana. Entre os autores, estavam à frente nomes como Langston Hughes, Zora Neale Hurston e Claude McKay. Nella Larsen seria reconhecida, bem mais tarde, como uma das maiores romancistas, não só do Harlem Renaissance, como também de todo o modernismo norte-americano.

Nella Larsen dedicou *Passando-se* a seu grande amigo, o escritor e fotógrafo Carl Van Vechten, que promoveu e celebrou o Harlem Renaissance, eternizado em suas fotos e em seu livro de título impossível para os leitores de hoje: *Nigger Heaven* (1926) — principalmente quando se sabe que o autor era branco. No romance, uma das protagonistas é Mary Love, uma bibliotecária (ocupação de Nella à época) fascinada pela cultura do Harlem, onde mora, mas insegura em relação ao lugar que pode ocupar, na complicada hierarquia social. Três anos depois Nella (uma dos poucos escritores negros que defenderam *Nigger Heaven*) retribuiu o favor tomando Carl Van Vetchen como base para o personagem Hugh Wentworth, o inteligente branco de sexualidade ambígua fascinado pelos negros, que é apenas citado em *Areia movediça*, antes de ser um personagem de *Passsando-se*.

Neste ambiente de efervescente diálogo criativo (nos muitos chás, reuniões, festas e bailes como os descritos em suas obras), Nella Larsen gestou seus dois romances curtos, obras únicas, em ambos os sentidos. Em 1928 saiu, pela prestigiosa editora Knopf, *Quicksand* (*Areia movediça*) e, logo no ano seguinte, *Passing* (*Passando-se*), este publicado pela primeira vez no Brasil pela Ímã Editorial em 2020 e que seria adaptado, no ano seguinte, para o filme *Identidade*, dirigido por Rebecca Hall.

Ambos os livros são, em grau mais ou menos óbvio, sobre a autora. Em *Areia movediça* temos uma mestiça, filha de negro com dinamarquesa, procurando seu lugar entre um colégio interno para negras (como aquele em que estudou no Tennessee) e a casa dos parentes em Copenhague (que viu na infância). Por fim, de volta aos Estados Unidos, ela casa-se com um negro e, arrependida, sonha em abandoná-lo. (O livro é dedicado a seu marido, doutor Imes).

Passando-se fala sobre uma negra de pele clara, engajada na Sociedade Negra do Harlem, e de sua amiga, também negra de pele clara, que decidiu "passar-se" por branca e que talvez esteja de caso com o marido da protagonista, um médico.

Confirmando todos os sinais da ficção, Nella separou-se poucos anos depois do marido, por conta de um caso dele (com uma branca). O divórcio coincidiu (ou provocou) o fim abrupto de uma carreira literária que acabara de dar ao mundo duas obras incensadas pela crítica (mas um tanto ignoradas pelos leitores). No ano seguinte à publicação de *Passing*, Larsen foi acusada de plagiar uma história da britânica Kaye-Smith no conto "Sanctuary". A acusação não se sustentou, mas foi bem divulgada entre os que tinham inveja do sucesso de Nella —a primeira afro-americana a ganhar o disputado Prêmio Guggenhein — e talvez pelos ex-amigos da Sociedade Negra que ficaram ao lado do doutor Imes no divórcio.

Tendo se alienado, com a separação, do único lugar em que se encaixara — o meio artístico e intelectual negro — Nella passou as décadas seguintes tentando concluir um terceiro romance. Sem conseguir pertencer ou ser incluída em nenhum grupo ou movimento literário, morreu deslocada e sozinha, aos 72 anos.

Hoje *Areia movediça* e *Passando-se* são lidos e estudados dentro das discussões sobre o racismo, especialmente no debate do "colorismo" (a discriminação, dentro de um grupo, por conta do tom da pele). Seus personagens que zanzam pela "zona cinzenta" de um espaço em preto ou branco ainda intrigam e incomodam um mundo que, embora já tenha aceitado a fluidez na sexualidade, ainda impõe identidades raciais binárias e fixas.

Editora   Carla Cardoso
Tradução   Carla Cardoso e Julio Silveira
Revisão   Andreia Carvalho

Dados Internacionais de Catalogação na Publicação (CIP)
(Câmara Brasileira do Livro, SP, Brasil)

Larsen, Nella (1891-1964)

Areira movediça / Nella Larsen [tradução Carla Cardoso e Julio Silveira] — Rio de Janeiro : Livros de Criação : Ímã editorial : Coleção Meia Azul 2022, 242 p; 21 cm.

Título original : Quicksand
ISBN 978-65-86419-27-6

1. Mulheres afro-americanas — Ficção
2. Identidade (Psicologia) — Ficção
3. Romance norte-americano.
I. Título.

22-132875   CDD 813

Índices para catálogo sistemático:
1. Romances : Literatura norte-americana   813
Aline Graziele Benitez - Bibliotecária - CRB-1/3129

Ímã Editorial | Livros de Criação
www.imaeditorial.com